Colle

créée par
ALBERT PIGASSE

———

ASSOCIÉS
CONTRE LE CRIME

Agatha Christie

ASSOCIÉS CONTRE LE CRIME

Traduction nouvelle de Janine Alexandre

Librairie des Champs-Élysées

Cet ouvrage a paru sous le titre original :

PARTNERS IN CRIME

1

UNE FÉE DANS L'APPARTEMENT

Mrs Thomas Beresford changea de position sur son canapé et, mélancolique, regarda par la fenêtre. La vue n'était pas très étendue, en fait elle se bornait à un petit immeuble, de l'autre côté de la rue. Mrs Beresford soupira, bâilla.

— J'aimerais tant qu'il se passe quelque chose...

Son mari lui jeta un coup d'œil réprobateur :

— Prends garde, Tuppence. Ton besoin excessif de sensations fortes m'inquiète.

Tuppence soupira et, rêveuse, ferma les yeux :

— Et c'est ainsi que Tommy et Tuppence se marièrent et qu'ils vécurent heureux à jamais, récita-t-elle. Et, six ans après, ils vivaient encore heureux à jamais... C'est incroyable ce que les choses peuvent être différentes de ce qu'on attendait...

— Remarque ô combien profonde, Tuppence. Mais pas vraiment neuve. D'éminents poètes et d'encore plus éminents hommes d'Eglise l'ont dit avant toi — et mieux dit, si tu n'y vois pas d'offense.

— Il y a six ans, poursuivit Tuppence, j'aurais juré que, disposant d'argent pour le superflu et d'un mari comme toi, la vie ne pouvait être qu'un chant grandiose

5

et mélodieux, comme dit un de ces poètes que tu sembles si bien connaître.

— C'est de moi ou de mon argent que tu es lasse? demanda posément Tommy.

— Lasse n'est pas exactement le mot, répondit gentiment Tuppence. Je suis habituée à mon bonheur, voilà tout. Avant d'être enrhumé, personne ne songe à bénir le ciel de pouvoir respirer par le nez...

— Veux-tu que je te délaisse un peu? proposa Tommy. Je pourrais courir les boîtes de nuit avec d'autres femmes, ou un truc dans ce genre-là...

— Peine perdue. Tu ne ferais que m'y rencontrer avec d'autres hommes. Et tandis que moi je saurais très bien que les autres femmes ne t'intéressent pas, toi tu ne pourrais jamais être tout à fait sûr de mes sentiments envers les autres hommes. Les femmes sont tellement plus consciencieuses...

— Les hommes ne marquent des points qu'en matière de modestie, murmura Tommy. Mais qu'est-ce qui t'arrive, Tuppence? D'où te vient cette ardente insatisfaction?

— Je ne sais pas. Je voudrais qu'il se passe quelque chose. Quelque chose d'excitant. Tu n'aimerais pas te remettre à traquer des espions allemands, Tommy? Rappelle-toi ces journées follement dangereuses que nous avons vécues. Oh! bien sûr, je sais que tu es plus ou moins dans les Services secrets, maintenant, mais c'est du travail de bureau...

— Si je comprends bien, tu préférerais qu'on m'expédie au fin fond de la Russie, déguisé en contrebandier bolchevique?

— Non, parce qu'on ne me laisserait pas t'accompagner, et c'est moi qui ai terriblement besoin de quelque chose. De quelque chose à faire. C'est ce que je me répète du matin au soir.

— Et les tâches ménagères? suggéra Tommy.

— Vingt minutes de travail tous les matins après le petit déjeuner suffisent pour tenir un appartement à la perfection. Aurais-tu des plaintes à formuler?

— Tu t'occupes de la maison de façon si exemplaire que cela en devient monotone.

— J'adore les manifestations de reconnaissance, remarqua Tuppence. Toi, bien sûr, tu as ton travail... Mais dis-moi, Tommy, n'as-tu pas, au fond de toi, une envie secrète d'aventure, d'événements imprévus?

— Non. Du moins, je ne crois pas. C'est bien beau de vouloir que des événements surviennent. Et s'ils s'avéraient désagréables?

— Les hommes sont d'une prudence..., soupira Tuppence. Tu ne nourris donc jamais de rêves fous? Rêves d'aventures, d'exploits romantiques, que sais-je, moi?

— Mais qu'est-ce que tu peux bien lire en ce moment, Tuppence?

— Imagine comme ce serait palpitant, poursuivit-elle, d'entendre tout à coup cogner à la porte, d'aller ouvrir et de voir un mort entrer en titubant!

— S'il est mort, il ne peut pas tituber, répliqua Tommy avec un certain esprit critique.

— Tu sais très bien ce que je veux dire. Ils titubent toujours avant de mourir, et tombent à vos pieds en murmurant, dans un souffle, des paroles énigmatiques: « Le léopard tacheté », par exemple, ou quelque chose du même acabit.

— Je recommande comme remède un cours sur Schopenhauer ou Emmanuel Kant.

— Ça, c'est à toi que ça ferait le plus grand bien. Tu deviens gras et pot-au-feu.

— Pas du tout! s'écria Tommy, indigné. D'ailleurs, toi-même, tu fais des exercices pour garder la ligne.

— Tout le monde en fait. Mais quand je dis que tu es

gras, c'est une métaphore : tu te laisses vivre comme un coq en pâte, béat et florissant.

— Je me demande quelle mouche te pique.

— L'esprit d'aventure, murmura Tuppence. Ça vaut toujours mieux que de rêver d'amour. D'ailleurs, ça m'arrive aussi. J'imagine que je rencontre un homme, un très bel homme...

— Tu m'as rencontré, dit Tommy. Ça ne te suffit pas ?

— ...Un homme brun et mince, d'une force redoutable, le genre d'homme qui peut maîtriser n'importe quelle monture, prendre les chevaux sauvages au lasso...

— Ajoutons-lui des culottes de peau et un chapeau de cow-boy, intervint Tommy, sarcastique.

— ...et qui a vécu dans des contrées sauvages, continua Tuppence. Je voudrais juste qu'il tombe fou amoureux de moi. Bien sûr, je le repousserais vertueusement et resterais fidèle à mes liens conjugaux, mais mon cœur s'envolerait vers lui.

— Eh bien, moi, je rêve souvent de rencontrer une fille vraiment belle. Une fille blonde comme les blés, qui tomberait éperdument amoureuse de moi. Seulement, moi, je ne pense pas que je la repousserais... en vérité, je suis même sûr que non.

— Ça, dit Tuppence, c'est du dévergondage.

— Mais qu'est-ce que tu as, Tuppence ? C'est la première fois que je t'entends tenir des propos pareils.

— Oui, mais il y a longtemps que je bous intérieurement. Comme tu vois, il est très dangereux de posséder tout ce qu'on désire — y compris l'argent. Evidemment, il y a toujours les chapeaux...

— Tu en as déjà au moins quarante. Tous pareils.

— C'est le propre des chapeaux d'avoir l'*air* pareil. Mais il y a d'importantes nuances entre eux. J'en ai justement vu un très joli chez Violette ce matin.

— Si tu n'as rien de mieux à faire que d'aller acheter des chapeaux dont tu n'as aucun besoin...

— C'est ça ! dit Tuppence, c'est exactement ça ! Si seulement j'avais mieux à faire ! Je devrais peut-être m'occuper de bonnes œuvres... Oh ! Tommy, je voudrais tellement qu'il nous arrive quelque chose d'excitant ! Je sens, je suis sûre que cela nous ferait le plus grand bien. Si une fée nous apparaissait...

— Tiens ! C'est curieux que tu dises ça.

Il se leva, alla ouvrir un tiroir du bureau et en sortit un petit instantané.

— Ah ! Tu as fait développer les photos que nous avons prises dans cette pièce ? Laquelle est-ce ? La tienne ou la mienne ?

— La mienne. La tienne était sous-exposée. Comme toujours.

— Tu devrais t'estimer heureux de pouvoir penser qu'il y a au moins une chose que tu fais mieux que moi.

— Remarque stupide, dit Tommy, mais je ne m'y attarderai pas pour l'instant. Voilà ce que je voulais te montrer.

Il pointa le doigt sur une petite tache blanche.

— La pellicule a été éraflée, dit Tuppence.

— Pas du tout. Ça, Tuppence, c'est une fée.

— Tommy ! Ne fais pas l'idiot.

— Regarde toi-même.

Il lui tendit une loupe. Tuppence examina attentivement la photographie. A travers le miroir grossissant et avec un léger effort d'imagination, on pouvait voir dans cette éraflure une petite créature ailée, perchée sur le garde-feu.

— Elle a des ailes ! s'exclama Tuppence. Quelle merveille, une fée, une vraie, dans notre appartement ! Faut-il en aviser Conan Doyle ? Oh ! Tommy, tu crois qu'elle va réaliser nos souhaits ?

— Tu le sauras bientôt, dit Tommy. En tout cas, ce ne sera pas faute d'avoir suffisamment souhaité que quelque chose arrive. Tu y as passé tout l'après-midi.

A cette minute, la porte s'ouvrit devant un grand garçon de quinze ans qui, hésitant entre le rôle de groom et celui de valet de pied, demanda en grande pompe :

— Madame est-elle chez elle ? La cloche de la porte d'entrée vient de retentir.

Sur un signe d'assentiment de Tuppence, il se retira. Tuppence soupira :

— Si seulement Albert allait un peu moins au cinéma ! En ce moment, il se prend pour un valet de chambre américain. Dieu merci, j'ai réussi à lui faire passer la manie de réclamer leur carte aux visiteurs et de me l'apporter sur un plateau.

La porte s'ouvrit de nouveau et Albert annonça, comme si c'était un titre royal :

— Mr Carter...

— Le Chef ! murmura Tommy, très surpris.

Tuppence poussa une exclamation de joie et sauta sur ses pieds pour l'accueillir. L'homme était grand, avec des cheveux gris, des yeux perçants et un sourire las.

— Que je suis heureuse de vous voir, Mr Carter !

— Tant mieux ! Dites-moi, Mrs Beresford, comment donc trouvez-vous la vie ?

— Acceptable, mais un rien ennuyeuse, répondit Tuppence avec une lueur dans l'œil.

— De mieux en mieux, déclara Mr Carter. De toute évidence, vous êtes dans un état d'esprit propice.

— Voilà qui s'annonce intéressant, dit Tuppence.

Toujours dans son rôle de valet de chambre américain, Albert apporta le thé. L'opération achevée sans incident et la porte refermée sur lui, Tuppence s'exclama de nouveau :

— Vous avez une idée derrière la tête, n'est-ce pas,

Mr Carter ? Avez-vous l'intention de nous envoyer en mission au fin fond de la Russie ?

— Pas exactement, répondit Mr Carter.

— Il y a pourtant bien quelque chose...

— Oui, il y a quelque chose... Vous n'êtes pas de celles qui reculent devant le risque, n'est-ce pas, Mrs Beresford ?

Les yeux de Tuppence brillèrent d'excitation.

— Le Département d'Etat a besoin qu'on fasse pour lui un certain travail et l'idée m'est venue — oh ! c'est juste une idée — que ce travail pourrait vous convenir à tous les deux.

— Continuez, dit Tuppence.

— Je vois que vous avez le *Daily Leader*, déclara Mr Carter en s'emparant du journal qui traînait sur la table.

Il chercha les petites annonces et passa le journal à Tommy, après lui en avoir désigné une du doigt :

— Lisez celle-là...

Tommy obéit :

— « Agence Internationale de Détectives. Theodore Blunt, directeur. Enquêtes privées. Personnel nombreux, sûr et hautement qualifié. Discrétion absolue. Consultation gratuite. 118, Haleham Street. Londres, W.C. ».

Tommy lança un regard interrogateur à Mr Carter, qui hocha la tête.

— Cette agence battait de l'aile depuis quelque temps, murmura-t-il. Un ami à moi l'a rachetée pour une bouchée de pain. Nous pensons la remettre en route — disons... faire un essai de six mois. Bien entendu, pendant ce temps, elle aura besoin d'un directeur.

— Et Mr Theodore Blunt ? demanda Tommy.

— Je crains que Mr Blunt ne se soit montré fort indiscret... En fait, Scotland Yard s'est vu obligé d'intervenir. Mr Blunt est maintenant logé aux frais de

Sa Majesté, et il n'est pas disposé à nous révéler le quart de ce que nous aimerions savoir.

— Je vois, dit Tommy. Du moins, je pense que je vois.

— Je vous suggère de prendre un congé de six mois. Pour raison de santé. Et, bien entendu, s'il vous prenait la fantaisie de diriger une agence de détectives sous le nom de Theodore Blunt, cela ne me regarderait en rien.

Tommy soutint le regard du Chef et demanda :

— Pas d'instructions particulières, monsieur ?

— Je crois que Mr Blunt faisait quelques affaires avec l'étranger. Voyez si vous recevez des enveloppes bleues, timbrées de Russie : un marchand de jambon est à la recherche de sa femme, laquelle se serait réfugiée dans notre pays il y a quelques années. Humectez le timbre, vous trouverez le nombre 16 inscrit dessous. Faites des copies de ces lettres et envoyez-moi les originaux. Et si quelqu'un se présente à votre bureau en faisant allusion au nombre 16, prévenez-moi aussitôt.

— J'ai compris, monsieur. Et ceci mis à part ?

Mr Carter ramassa ses gants, prêt à prendre congé.

— Vous pouvez diriger cette agence à votre guise. J'ai dans l'idée (une petite lueur pétilla dans son regard), que cela pourra amuser Mrs Beresford de s'essayer à un petit travail de détective.

2

UNE TASSE DE THÉ

Quelques jours plus tard, Mr et Mrs Beresford prenaient possession des bureaux de l'Agence Internationale de Détectives, à Bloomsbury, au deuxième étage d'un immeuble en assez piteux état. Albert avait abandonné son rôle de maître d'hôtel américain pour celui de garçon de bureau, qu'il jouait à la perfection dans l'antichambre. Des bonbons dans un sac en papier, des mains pleines d'encre et les cheveux en bataille, telle était sa conception du personnage.

Deux portes donnaient sur cette antichambre. La première portait, fraîchement peinte, l'inscription «Employés». L'autre, la mention «Privé». Derrière celle-ci, se trouvait une pièce agréable occupée par un immense bureau style homme d'affaires — un monceau de dossiers artistiquement étiquetés, tous vides — et quelques confortables fauteuils de cuir. Et derrière le bureau trônait le pseudo Mr Blunt, s'efforçant d'incarner l'homme qui a passé sa vie entière à la tête d'une agence de détectives. Bien entendu, il avait un appareil téléphonique sous la main. Il avait mis au point, avec Tuppence, quelques coups de fil destinés à produire leur petit effet, et Albert avait eu droit aussi à sa part de recommandations.

Dans la pièce voisine se trouvaient : Tuppence, une machine à écrire, un certain nombre de tables et de chaises, d'allure plus modeste que celles du grand Chef, et un réchaud à gaz pour le thé.

En fait, il ne leur manquait que les clients.

Sur le moment, dans son enthousiasme de néophyte, Tuppence avait conçu de brillants espoirs.

— C'est merveilleux ! s'était-elle écriée. Nous allons traquer les meurtriers, retrouver les bijoux de famille égarés, rameuter les personnes disparues et démasquer les escrocs !

A ce stade, Tommy avait senti qu'il était de son devoir de faire résonner une note moins optimiste.

— Du calme, Tuppence. Oublie un peu les romans de quatre sous que tu lis d'habitude. Notre clientèle — si clientèle il y a jamais — va se composer d'une part de maris désireux de faire prendre leur épouse en filature, et d'autre part d'épouses désireuses de faire prendre leur mari en filature. Le divorce, voilà bien le seul et unique pilier d'une agence de détectives privés.

— Pouah ! s'était écriée Tuppence en fronçant le nez de dégoût. Nous ne toucherons pas aux divorces. Nous allons rehausser le niveau de notre nouvelle profession.

— Euh... oui, avait répondu Tommy, sans conviction.

Et maintenant, une semaine après leur installation, ce n'est pas sans tristesse qu'ils consultaient leurs notes.

— Trois idiotes abandonnées chaque week-end par leur mari, soupira Tommy. Personne n'est venu pendant que j'étais sorti déjeuner ?

— Un bon gros vieillard affligé d'une femme volage, soupira Tuppence. Je lis ça dans les journaux depuis des années, mais c'est seulement cette semaine que j'ai pris conscience de ce fléau grandissant qu'est le divorce. Je n'en peux plus de répéter toute la journée : « Non, nous ne nous occupons pas de divorces... »

— A présent que nous l'avons spécifié dans l'annonce, ça devrait s'arranger, lui fit remarquer Tommy.

— Notre annonce est pourtant des plus alléchantes, soupira Tuppence, mélancolique. Quoi qu'il en soit, je ne m'avouerai pas battue. Au besoin, je commettrai moi-même un meurtre, et c'est toi qui me démasqueras.

— Je ne vois pas très bien l'avantage... Pense un peu à ce que je ressentirai au moment de te faire de touchants adieux à Bow Street... ou Vine Street, je ne sais plus.

— Ce sont des postes de police qui sortent tout droit de tes souvenirs de célibataire, répliqua Tuppence, perfide.

— Je voulais dire à l'Old Bailey, au Palais de Justice...

— Bon, déclara Tuppence, ce n'est pas tout ça, il faut faire quelque chose. Nous sommes là, débordants de talent et sans aucun moyen de l'exercer.

— Ce qui me plaît chez toi, Tuppence, c'est ta joyeuse assurance. Quelles que soient les circonstances, tu ne doutes jamais d'avoir le talent requis.

— Evidemment ! s'exclama Tuppence, qui ouvrit de grands yeux étonnés.

— Dans les circonstances présentes, tu ne peux pourtant pas te targuer de la moindre expérience.

— Eh bien... j'ai lu tous les romans policiers qui ont paru ces dix dernières années.

— Moi aussi, mais j'ai comme l'impression que cela ne nous sera pas d'un grand secours.

— Tu as toujours été d'un naturel pessimiste, Tommy. Avoir confiance en soi, voilà l'essentiel.

— Ma foi, de ce côté-là, tu n'as pas à te plaindre, remarqua son mari.

— Bien sûr, dans les romans policiers, c'est facile puisqu'on travaille à l'envers, continua Tuppence. On peut disposer les indices à sa convenance quand on connaît la solution. Je me demande...

Elle s'arrêta, les sourcils froncés.

— Eh bien ?

— Il me vient comme une idée... Elle est encore vague, mais elle pointe... Je crois que je vais aller acheter ce chapeau dont je t'ai parlé, dit-elle en se levant soudain.

— Oh, mon Dieu ! s'écria Tommy. Encore un chapeau !

— Il est très joli, répliqua Tuppence avec hauteur.

Et elle sortit d'un pas décidé. Dans les jours qui suivirent, Tommy lui posa bien quelques questions à propos de sa fameuse idée, mais Tuppence se contenta de hocher la tête et de le prier d'attendre.

Et puis vint le grand jour où se présenta leur premier client, et tout le reste fut oublié.

On frappa à la grande porte. Albert, qui venait juste de s'introduire un bonbon acidulé entre les dents, poussa une espèce de beuglement qui signifiait : « Entrez ! ». Ensuite, sa surprise et sa joie furent telles qu'il en avala tout rond son bonbon : devant lui se dressait l'Affaire du Siècle.

Un grand jeune homme, d'une élégance exquise et raffinée, hésitait à la porte. « Un aristo, ou je ne m'y connais pas », se dit Albert, qui savait juger de ces choses-là.

Vingt-quatre ans environ, de magnifiques cheveux rejetés en arrière, le bord des paupières légèrement rosé, il était dépourvu de ce qu'on appelle, à proprement parler, un menton.

Ebloui, Albert appuya sur un bouton. Presque instantanément, un furieux crépitement de machine à écrire se déchaîna du côté marqué « Employés » : Tuppence s'était ruée à son poste. Ce zélé bourdonnement ne fit qu'accroître la gêne du jeune homme :

— Dites donc... c'est bien la... comment déjà... l'agence de détectives... les Fins Limiers de Blunt ? Enfin, vous voyez ce que je veux dire !

— Vous désirez parler à Mr Blunt en personne ? lui demanda Albert de l'air de quelqu'un qui doute fort que pareil exploit soit réalisable.

— Eh bien, euh... mon garçon, c'était exactement mon propos. Serait-ce possible ?

— Vous n'avez pas rendez-vous, si je comprends bien ?

Le jeune homme se montra encore plus confus.

— Ma foi, non...

— Il est toujours plus sage de téléphoner avant, monsieur. Mr Blunt est terriblement occupé. Pour l'instant, il est en ligne, appelé en consultation par Scotland Yard.

Le jeune homme parut impressionné en conséquence. Albert baissa la voix pour lui confier, en toute sympathie :

— Un vol de documents dans un ministère. Ils voudraient que Mr Blunt prenne l'affaire en mains.

— Ah ! vraiment ? Ce doit être quelqu'un, dites-moi !

— Monsieur, le patron est ce qui se fait de mieux.

Le jeune homme prit place sur une chaise inconfortable, ignorant qu'à travers des orifices perfidement ménagés dans les portes, deux paires d'yeux l'observaient avec attention : ceux de Tuppence — dans l'intervalle de ses moments de frappe furieuse — et ceux de Tommy — qui attendait le moment opportun pour se manifester.

Une violente sonnerie retentit tout à coup sur le bureau d'Albert.

— Le patron est libre, maintenant. Je vais voir s'il peut vous recevoir, dit-il.

Il disparut derrière la porte marquée « Privé », et reparut aussitôt :

— Voulez-vous me suivre, monsieur ?

Il introduisit le visiteur, et un jeune homme roux, au visage agréable, à l'air vif et compétent, se leva pour accueillir celui-ci.

— Asseyez-vous. Vous désirez me consulter ? Je suis Mr Blunt.

— Vraiment ? C'est-à-dire, vous êtes drôlement jeune, non ?

— Les vieux ont fait leur temps, répondit Tommy en les écartant d'un geste de la main. La guerre, qui l'a voulue ? Les vieux. Les responsables du chômage actuel, qui sont-ils ? Les vieux. Les responsables de tout ce qui va mal partout, qui sont-ils ? Je le répète, les vieux !

— Vous avez sans doute raison. Je connais un garçon qui est poète — du moins c'est ce qu'il dit — et qui parle toujours comme ça.

— Sachez, monsieur, qu'au sein de mon équipe, pourtant hautement expérimentée, personne n'a dépassé d'une heure l'âge de vingt-cinq ans.

Etant donné que son équipe hautement expérimentée se composait de Tuppence et d'Albert, c'était l'expression même de la vérité.

— Et maintenant, au fait, dit Mr Blunt.

— Je voudrais que vous retrouviez quelqu'un qui a disparu, répondit tout de go le jeune homme.

— Parfait. Voulez-vous me donner plus de détails ?

— Eh bien, voyez-vous, c'est plutôt difficile. Je veux dire, c'est une affaire terriblement délicate et tout. Elle pourrait le prendre très mal. Je veux dire... Eh bien, c'est fichtrement difficile à expliquer.

Il lança à Tommy un regard de détresse. Celui-ci soupira intérieurement. Soutirer les faits à son client ne s'annonçait pas non plus comme une mince affaire, et il avait bien envie d'aller déjeuner...

— A-t-elle disparu de son propre gré ou soupçonnez-vous un rapt ? demanda-t-il d'un ton tranchant.

— Je ne sais pas, répondit le jeune homme. Je ne sais rien...

Tommy s'empara d'un carnet et d'un crayon.

— Commençons par le commencement, voulez-vous ? Comment vous appelez-vous ? Mon commis a ordre de ne jamais poser cette question, ainsi nos entretiens gardent un caractère strictement confidentiel.

— Oh ! Et comment ! Une drôlement bonne idée, dit le jeune homme. Je m'appelle... euh... je m'appelle Smith.

— Ah non ! dit Tommy. Donnez-moi votre véritable nom, s'il vous plaît.

Son visiteur le regarda, stupéfait :

— Euh... St. Vincent, dit-il. Lawrence St. Vincent.

— C'est curieux, remarqua Tommy, mais il existe très peu de Smith, en réalité. Personnellement, je n'en connais aucun. Et pourtant, neuf fois sur dix, c'est le nom qu'on choisit lorsqu'on veut dissimuler sa véritable identité. Je suis d'ailleurs en train d'écrire une monographie sur le sujet.

A cet instant, une sonnerie discrète retentit sur son bureau. C'était signe que Tuppence voulait prendre les choses en main. Tommy, qui avait faim et qui n'éprouvait pas la moindre sympathie pour Mr St. Vincent, se sentait tout disposé à lui céder la barre.

— Excusez-moi, dit-il en soulevant le combiné.

Il changea plusieurs fois d'expression, affichant d'abord la surprise, puis la consternation, et enfin une légère excitation.

— Vraiment? Le Premier Ministre lui-même? Bien sûr. Dans ce cas j'arrive tout de suite.

Il raccrocha et se tourna vers son client :

— Cher monsieur, je suis obligé de vous demander de m'excuser. Je suis mandé de toute urgence. Si vous voulez bien exposer votre cas à ma secrétaire particulière... elle va s'occuper de vous.

Il alla ouvrir la porte communicante :

— Miss Robinson...

Tuppence entra, toute proprette et réservée, ses cheveux noirs bien tirés, avec une collerette et des manchettes blanches. Tommy fit les présentations et se retira.

— Une dame qui vous est chère a disparu, si j'ai bien compris, Mr St. Vincent, dit Tuppence d'une voix douce en s'asseyant et en s'emparant du carnet et du crayon de Mr Blunt. Cette dame est-elle jeune?

— Oh oui! plutôt, répondit Mr St. Vincent. Jeune et... terriblement jolie et tout.

Tuppence devint grave.

— Mon Dieu, murmura-t-elle, j'espère que...

— Vous pensez qu'il lui est arrivé quelque chose? demanda Mr St. Vincent, très inquiet.

— Oh! Il ne faut pas perdre confiance, répliqua Tuppence d'un ton faussement enjoué — ce qui ne fit que déprimer davantage Mr St. Vincent.

— Dites, miss Robinson, écoutez... vous devez faire quelque chose. Ne regardez pas à la dépense. Pour tout l'or du monde, je ne voudrais pas qu'il lui arrive malheur. A vous, je veux bien vous le dire, vous m'avez l'air terriblement sympathique : je vénère jusqu'à la trace de ses pas. C'est une fille du tonnerre. Absolument du tonnerre...

— Comment s'appelle-t-elle? Dites-moi tout ce que vous savez d'elle, je vous prie.

— Elle s'appelle Janet — je ne connais pas son nom de famille. Elle travaille dans un magasin de chapeaux, chez Madame Violette, dans Brook Street, mais elle est tout ce qu'il y a de plus convenable. Elle m'a rembarré un tas de fois. Je suis allé faire un tour par là hier... pour l'attendre à la fermeture... tout le monde est sorti, sauf elle. J'ai découvert qu'elle n'était pas venue travailler du tout... et sans prévenir... Cette vieille bique de Madame Violette était furieuse. J'ai appris où elle logeait, et je m'y suis rendu. Elle n'était pas rentrée la nuit d'avant et on ne savait pas où elle était. J'étais complètement affolé. J'ai pensé aller à la police, mais Janet m'en voudrait à mort si elle va bien et qu'elle est partie de son plein gré. Et puis je me suis rappelé qu'un jour elle m'a montré votre annonce dans le journal en me racontant qu'une femme qui leur achetait des chapeaux s'était répandue en éloges sur vos capacités, votre discrétion... Enfin, et tout ça, quoi! Alors, je suis venu droit chez vous.

— Je vois, dit Tuppence. Et où habite-t-elle?

Le jeune homme lui donna l'adresse.

— Je pense que ce sera tout, dit Tuppence après

réflexion. Est-ce à dire... dois-je comprendre que vous êtes fiancé à cette jeune femme?

Mr St. Vincent devint rouge brique:

— Eh bien, non, pas exactement. Je n'ai jamais rien dit. Mais je peux vous annoncer que je vais lui demander de m'épouser dès que je la reverrai... si jamais je la revois...

— Voulez-vous profiter de notre service spécial de vingt-quatre heures? s'enquit Tuppence, très femme d'affaires, en posant son carnet sur le bureau.

— Qu'est-ce que c'est que ça?

— Le tarif est double, mais nous mettons tout notre personnel disponible sur la piste. Si cette jeune femme est en vie, Mr St. Vincent, demain à la même heure je serai en mesure de vous faire savoir où elle se trouve.

— Quoi? Dites donc... c'est merveilleux!

— Nous n'employons que des experts, et nous garantissons le résultat, déclara Tuppence d'un ton sec.

— Eh bien, dites donc, vous savez... Vous devez avoir une équipe du tonnerre.

— Bien sûr, dit Tuppence. Au fait, vous ne m'avez pas décrit cette jeune personne.

— Elle a les plus beaux cheveux du monde. On dirait de l'or, mais en plus profond... comme un coucher de soleil époustouflant. C'est ça, un coucher de soleil époustouflant. Jusqu'à présent, vous savez, je ne faisais jamais attention à ces choses-là, les couchers de soleil ou la poésie. Dans la poésie aussi il y a plus de choses que je ne pensais.

— Cheveux roux, nota Tuppence sans s'émouvoir. Quelle taille diriez-vous qu'elle a?

— Plutôt grande, et elle a des yeux sensationnels, bleu foncé je crois. Et des façons plutôt décidées qui peuvent vous prendre au dépourvu, quelquefois.

Tuppence écrivit encore quelques mots dans son carnet, le referma et se leva.

— Trouvez-vous ici demain à 4 heures, dit-elle. Je pense que nous aurons des nouvelles pour vous. Au revoir, Mr St. Vincent.

A son retour, Tommy trouva Tuppence plongée dans l'Almanach nobiliaire.

— Je sais tout, lui dit-elle brièvement. Lawrence St. Vincent est le neveu et l'héritier du comte de Cheriton. Si nous tirons cette affaire au clair, cela nous fera de la réclame dans les plus hautes sphères.

Tommy parcourut ses notes :

— Qu'est-ce qui est arrivé à cette fille, à ton avis ?

— A mon avis, répondit Tuppence, elle s'est enfuie, son cœur lui ayant fait comprendre qu'elle aimait trop ce jeune homme pour pouvoir vivre en paix.

Tommy lui jeta un regard sceptique :

— Je sais bien que les filles se conduisent comme ça dans les romans, mais je n'en connais aucune qui ait fait ça dans la réalité.

— Vraiment ? Ma foi, tu as peut-être raison. Mais je suis sûre que Lawrence St. Vincent, lui, est prêt à avaler ce genre de niaiseries. Il est déjà tout farci d'idées romantiques. A propos, je lui ai promis une solution en vingt-quatre heures, grâce à notre service spécial.

— Espèce d'idiote congénitale, qu'est-ce qui t'a pris ?

— Une idée comme ça. J'ai trouvé que ça faisait bien. Fais confiance à Maman, Tommy. Maman ne se trompe jamais.

Elle sortit, laissant Tommy dans un état de profonde morosité. Il se leva, soupira et, non sans maudire l'imagination débordante de sa femme, sortit à son tour voir ce qu'il pouvait faire.

Quand il revint à 4 heures et demie, épuisé, Tuppence

était occupée à extraire un paquet de biscuits de sa cachette, dans un classeur.

— D'où viens-tu ? Tu as l'air soucieux et tu es en nage.

— J'ai fait le tour des hôpitaux avec la description de cette fille, grommela-t-il.

— Ne t'avais-je pas conseillé de t'en remettre à moi ?

— Tu ne peux quand même pas la trouver toute seule avant demain, 4 heures.

— Non seulement je le peux, mais c'est fait.

— Qu'est-ce que tu veux dire ? Tu l'as trouvée ?

— Un problème élémentaire, mon cher Watson, absolument élémentaire.

— Et où est-elle, à l'heure qu'il est ?

Tuppence pointa un doigt par-dessus son épaule :

— A côté, dans mon bureau.

— Qu'est-ce qu'elle fait là ?

Tuppence se mit à rire :

— L'expérience nous le dira bientôt. Mais quand quelqu'un se trouve confronté à une bouilloire, à un réchaud à gaz et à une demi-livre de thé, le résultat me paraît couru d'avance... Tu comprends, reprit-elle gentiment, l'autre jour, chez Madame Violette — là où j'achète mes chapeaux —, je suis tombée sur une vieille copine de mes années d'hôpital. Après la guerre, elle a abandonné le métier d'infirmière, a ouvert une boutique de chapeaux, a fait faillite et s'est fait embaucher chez Madame Violette. Nous avons tout combiné entre nous. Elle devait attirer l'attention du jeune Vincent sur notre annonce, puis disparaître. Ainsi, on allait faire la preuve de la merveilleuse efficacité des Fins Limiers de Blunt. Ce serait de la publicité pour nous et, pour le jeune St. Vincent, le coup de pouce qui l'amènerait à se déclarer. Janet commençait à désespérer.

— Tuppence ! Je n'en reviens pas... Je n'ai jamais

entendu une histoire plus immorale! Tu vas aider, encourager ce jeune homme à épouser quelqu'un qui n'est pas de son rang...

— Balivernes! Janet est une fille épatante, et le plus étrange, c'est qu'elle adore ce mollasson. Il suffit d'un coup d'œil pour voir ce qui fait défaut à sa famille à lui: du bon sang bien rouge. Janet en fera quelque chose. Elle le surveillera comme une mère, mettra le holà sur les cocktails et les night-clubs et lui fera mener une bonne vie saine de gentilhomme campagnard. Viens, tu vas faire sa connaissance.

Tommy la suivit dans son bureau. Une grande fille aux cheveux auburn et au visage agréable posa la bouilloire fumante qu'elle tenait à la main et se tourna vers eux avec un sourire qui découvrit une rangée de dents blanches et régulières:

— Vous m'excuserez, j'espère, nurse Cowley... Pardon, Mrs Beresford, je veux dire. J'ai pensé qu'une tasse de thé vous ferait plaisir à vous aussi. Je me rappelle toutes celles que vous prépariez pour moi à l'hôpital, à 3 heures du matin...

— Tommy, je vous présente ma vieille amie, nurse Smith.

— Smith? Comme c'est curieux! remarqua Tommy en lui serrant la main. Quoi? Oh! rien du tout... une petite monographie à laquelle je pense...

— Remets-toi, Tommy, dit Tuppence.

Elle lui servit une tasse de thé:

— Et maintenant, buvons ensemble au succès de l'Agence Internationale de Détectives. Les Fins Limiers de Blunt. Qu'ils puissent ne jamais connaître l'échec!

3

L'AFFAIRE DE LA PERLE ROSE

— Que diable fais-tu là? demanda Tuppence en pénétrant dans le sanctuaire de l'Agence Internationale de Détectives (slogan : les Fins Limiers de Blunt) et en découvrant son seigneur et maître allongé par terre, au milieu d'un océan de livres.

— J'essayais de ranger ces livres en haut de l'armoire, mais cette maudite chaise s'est effondrée.

Tuppence attrapa un volume :

— *Le Chien des Baskerville*... Je le relirais volontiers un de ces jours...

— Tu saisis? demanda Tommy en s'époussetant. Une demi-heure de temps à autre avec les Grands Maîtres ne nous ferait pas de mal. Vois-tu, je ne peux pas me débarrasser de l'idée que nous sommes plus ou moins des amateurs dans ce métier... Bien sûr, en un sens c'est inévitable, mais rien ne nous empêche d'acquérir une certaine technique. Tous ces livres sont des romans policiers, écrits par les maîtres du genre. Je voudrais essayer différentes méthodes et comparer les résultats.

— Hum..., dit Tuppence. Je me suis souvent demandé comment ces détectives s'en seraient sortis en réalité.

Elle attrapa un autre volume.

— En tout cas, tu éprouveras quelques difficultés à te mettre dans la peau du Dr Thorndyke. Tu n'as aucune expérience médicale, encore moins de notions juridiques et, que je sache, la science n'a jamais été ton fort...

— Peut-être. Mais quoi qu'il en soit, j'ai fait l'acquisition d'un excellent appareil photographique; je vais prendre des empreintes, agrandir les négatifs et ainsi de suite. Maintenant, « mon bon ami », fais usage de tes petites cellules grises : est-ce que cela te rappelle quelque chose ?

Il lui montrait du doigt le bas de l'armoire où, sur un rayonnage, reposaient une robe de chambre aux motifs quelque peu futuristes, des babouches et un violon.

— C'est l'évidence même, mon cher Watson, répondit Tuppence.

— Exact. La touche Sherlock Holmes.

Il prit le violon et passa négligemment l'archet sur les cordes, ce qui arracha à Tuppence un gémissement de douleur.

Au même instant, une sonnerie retentit sur le bureau, signe qu'un client se trouvait retenu dans l'antichambre, en conférence avec Albert, le commis.

Tommy remit en hâte le violon dans l'armoire et, du pied, poussa les livres derrière le bureau.

— Inutile de se dépêcher, remarqua-t-il. Albert doit être en train de lui servir l'histoire de ma conversation téléphonique avec Scotland Yard. Va dans ton bureau et mets-toi à taper... pour donner une impression de folle activité. Et puis non, réflexion faite, tu seras en train de prendre des notes sous ma dictée. Allons jeter un coup d'œil sur notre victime avant qu'Albert ne l'introduise.

Ils s'approchèrent du trou artistiquement ménagé dans la porte, par lequel on pouvait embrasser du regard toute l'antichambre.

Le client était en fait une cliente, à peu près de l'âge de Tuppence. Grande et brune, elle avait le visage défait et l'air hautain.

— Vêtements bon marché mais qui font de l'effet, déclara Tuppence. Fais-la entrer, Tommy.

Peu après, la cliente serrait la main du célèbre Mr Blunt tandis que Tuppence, les yeux modestement baissés, restait assise à l'écart, carnet et crayon en main.

— Miss Robinson, ma secrétaire particulière, dit

Mr Blunt en la désignant d'un geste. Vous pouvez parler devant elle.

Il s'adossa à son siège, ferma les yeux une minute, puis remarqua d'un ton las :

— A une heure pareille, votre autobus devait être bondé.

— Je suis venue en taxi.

— Ah ! fit Tommy.

Il jeta un regard plein de reproches sur le ticket d'autobus bleu qui dépassait de son gant. La jeune fille, qui avait suivi son regard, le sortit en souriant.

— A cause de ça ? Je l'ai ramassé dans la rue. J'ai un petit voisin qui les collectionne.

Tuppence s'étrangla. Tommy lui lança un œil torve.

— Venons-en au fait, dit-il sèchement. Vous avez besoin de nos services, miss... ?

— Kingston Bruce. C'est mon nom. Nous habitons Wimbledon. Hier soir, une dame qui vit chez nous a perdu une perle rose de grande valeur. Il se trouve que Mr St. Vincent, qui dînait aussi chez nous, nous avait parlé de votre agence pendant le repas. Si bien que ma mère m'a envoyée ici ce matin pour vous demander si vous accepteriez de vous occuper de cette affaire.

Elle s'exprimait d'un ton maussade, et presque déplaisant. En désaccord avec sa mère, elle était venue contre son gré. C'était clair comme le jour.

— Je vois, dit Tommy, qui était plutôt perplexe. Vous n'avez pas fait appel à la police ?

— Non. Imaginez que cette idiote de perle ait roulé dans la cheminée ou ailleurs, cela serait ridicule.

— Ah ! dit Tommy. Ainsi ce bijou a peut-être été simplement perdu ?

Miss Kingston Bruce haussa les épaules :

— Les gens font tellement d'histoires...

Tommy s'éclaircit la voix :

— Evidemment, je suis très occupé en ce moment...

— Je comprends, dit la jeune fille en se levant.

L'éclair de satisfaction qui était passé dans son regard n'avait pas échappé à Tuppence.

— Néanmoins, continua Tommy, je pense que je pourrai m'arranger pour faire un saut à Wimbledon. Pouvez-vous me donner l'adresse?

— Les Lauriers, Edgeworth Road.

— Notez-la, je vous prie, miss Robinson.

Miss Kingston Bruce hésita, puis déclara avec une certaine mauvaise grâce:

— Alors, à bientôt. Au revoir.

— Drôle de fille, remarqua Tommy. Je n'arrive pas à la situer.

— Je me demande si c'est elle qui a volé la perle, dit Tuppence, pensive. Allons, Tommy, rangeons ces livres, prenons la voiture et descendons à Wimbledon. Au fait, qui as-tu l'intention d'incarner? Encore Sherlock Holmes?

— Je manque d'entraînement pour le rôle. J'ai eu l'air fin avec ce ticket d'autobus, hein?

— Eh oui... A ta place, j'essayerais de ne pas trop lui en conter: elle est maligne comme un singe. Et malheureuse avec ça, la pauvre petite.

— J'imagine que tu sais déjà tout d'elle? riposta Tommy, sarcastique. Il t'a suffi d'un simple coup d'œil sur la forme de son nez?

— Je vais te dire ce que nous allons trouver aux Lauriers, à mon avis, continua Tuppence sans s'émouvoir: une maisonnée de snobs, ne rêvant que de fréquenter la haute société. Le père — si père il y a — est sûrement un gradé de l'armée. Et la fille se reproche d'accepter ce genre de vie.

Tommy jeta un dernier regard sur les livres, maintenant soigneusement rangés sur une étagère, et déclara, songeur:

— Aujourd'hui, je crois que je serai Thorndyke.

— Je ne pensais pas que cette affaire avait un aspect médico-légal ? remarqua Tuppence.

— Elle n'en a peut-être pas, mais je meurs d'envie d'essayer mon nouvel appareil photographique ! Son objectif est, paraît-il, le plus extraordinaire qu'on ait jamais fait et qu'on fera jamais.

— Je vois le genre. Le temps de faire la mise au point, de choisir le diaphragme, de calculer le temps de pose et de cadrer, tu as la cervelle en bouillie et tu n'aspires plus qu'à un simple Brownie.

— Seul un être dépourvu de toute ambition peut se contenter d'un simple Brownie.

— Eh bien, je te parie qu'avec mon appareil j'obtiendrai de meilleurs résultats que les tiens.

Tommy ne releva pas le défi.

— Il me faudrait un débourre-pipe, déplora-t-il. Je me demande où cela s'achète ?

— Tu peux toujours prendre le tire-bouchon breveté que tante Araminta nous a offert à Noël, lui suggéra obligeamment Tuppence.

— Très juste, dit Tommy. A l'époque, je l'avais pris pour une machine de guerre. Curieux cadeau de la part d'une tante qui fait partie de la ligue antialcoolique.

— Et moi, je serai Polton, décida Tuppence.

Tommy la regarda avec commisération :

— Polton ? Vraiment ? Tu serais incapable de l'imiter en quoi que ce soit.

— Si : je peux me frotter les mains de satisfaction. C'est déjà un bon début. Et toi, j'espère que tu vas faire des moulages d'empreintes de pas ?

Tommy ne répliqua pas. Après être allés chercher le tire-bouchon, ils sortirent la voiture du garage et se mirent en route pour Wimbledon.

Les Lauriers était une grande maison, chargée de pignons et de tourelles. Entourée de massifs de géraniums écarlates, elle avait l'air fraîchement repeinte.

Avant même que Tommy ait eu le temps de sonner, un homme de grande taille, à la moustache blanche bien coupée et à l'allure exagérément martiale, leur ouvrit la porte.

— Je vous guettais, expliqua-t-il. Mr Blunt, c'est bien ça ? Je suis le colonel Kingston Bruce. Donnez-vous la peine d'entrer.

Il les conduisit dans son bureau, petite pièce située à l'autre bout de la maison :

— Le jeune St. Vincent m'a dit monts et merveilles de votre agence. D'ailleurs, j'avais déjà remarqué votre annonce. Ce service spécial de vingt-quatre heures, c'est une excellente idée. C'est exactement ce qu'il me faut.

— Très bien, colonel, répondit Tommy tout en maudissant intérieurement Tuppence et son inconscience pour cette brillante invention.

— Toute cette histoire est très pénible, monsieur, très pénible.

— Auriez-vous la bonté de m'exposer les faits ? demanda Tommy avec une touche d'impatience.

— Bien sûr, tout de suite. Lady Laura Barton — une très vieille et très chère amie — fait un séjour chez nous en ce moment. C'est la fille du défunt comte de Carroway. Son frère, le comte actuel, a fait un discours très remarqué l'autre jour, à la Chambre des Lords. Comme je vous l'ai dit, c'est une vieille et très chère amie à nous. Les Hamilton Betts, des amis américains qui viennent d'arriver, étaient très désireux de la rencontrer. « Rien de plus facile, leur ai-je dit. Venez donc passer le week-end ici. Elle est justement chez nous en ce moment. » Vous connaissez le goût des Américains pour les gens titrés, Mr Blunt.

— Pas seulement des Américains, colonel.

— Hélas ! Cela n'est que trop vrai, cher monsieur. Il n'y a rien que je déteste plus que les snobs. Bon, comme je vous l'ai dit, les Betts sont arrivés pour le week-end.

Hier soir, alors que nous étions en train de jouer au bridge, le fermoir du pendentif que portait Mrs Hamilton Betts s'est brisé; elle l'a donc enlevé et posé sur une petite table, avec l'intention de le reprendre quand elle monterait se coucher. Mais ensuite elle l'a oublié. Il faut que je vous explique, Mr Blunt, que ce pendentif était formé de deux petites ailes en diamant et d'une grosse perle centrale. On l'a retrouvé ce matin, là où elle l'avait laissé, mais la perle, qui a une valeur considérable, en avait été arrachée.

— Qui a retrouvé le pendentif?

— La femme de chambre, Gladys Hill.

— Peut-on la soupçonner?

— Elle est à notre service depuis quelques années et nous l'avons toujours jugée parfaitement honnête. Mais, évidemment, on ne sait jamais...

— Exactement. Pouvez-vous me parler des gens qui font partie de votre personnel, ainsi que de ceux qui assistaient à votre dîner, hier soir?

— Il y a la cuisinière... elle n'est à notre service que depuis deux mois, mais elle n'a aucune raison d'entrer dans le salon. De même pour la fille de cuisine. Et puis il y a la bonne, Alice Cummings. Elle est aussi chez nous depuis plusieurs années. Et, bien entendu, la femme de chambre de lady Laura. Une Française, ajouta-t-il fièrement.

Tommy, que cette révélation concernant la nationalité de la femme de chambre ne paraissait pas avoir ébranlé, poursuivit:

— Très bien. Et qui assistait au dîner?

— Mr et Mrs Betts, nous-mêmes — ma femme et ma fille — et lady Laura. Le jeune St. Vincent était là aussi et Mr Rennie est passé un instant après le dîner.

— Qui est Mr Rennie?

— Un individu nuisible, un socialiste fini. Beau garçon, évidemment, et capable d'impressionner avec ses arguments spécieux. Mais un homme, je peux vous le dire, à qui je ne ferais pas confiance pour un sou. Un dangereux personnage.

— Autrement dit, c'est Mr Rennie que vous soupçonnez, déclara Tommy froidement.

— En effet, Mr Blunt. Etant donné ses idées, il ne peut avoir aucune espèce de principes. Et rien n'aurait été plus facile pour lui que d'arracher tranquillement la perle pendant que nous étions absorbés dans notre jeu. Nous avons été particulièrement accaparés à plusieurs reprises... Je me rappelle un surcontre sans atout, et aussi une discussion pénible quand ma femme a eu le malheur de faire une fausse renonce.

— Vraiment, dit Tommy. Je voudrais juste savoir encore une chose : quelle a été dans tout cela l'attitude de Mrs Betts ?

— Elle aurait voulu que j'appelle la police, répondit à regret le colonel Kingston Bruce. Enfin, après avoir cherché cette perle partout, au cas où elle serait simplement tombée.

— Mais vous l'en avez dissuadée ?

— J'étais tout à fait hostile à l'idée de divulguer cette histoire, et ma femme et ma fille ont pris mon parti. Puis ma femme s'est souvenue que le jeune Vincent avait parlé de votre agence pendant le dîner, et de votre service spécial de vingt-quatre heures.

— En effet, dit Tommy au supplice.

— De toute façon, ça ne peut pas faire de mal. Si nous sommes obligés d'appeler la police demain, on pourra penser que nous avons cru le bijou égaré et que nous avons perdu tout ce temps à le chercher. A propos, personne n'a été autorisé à quitter la maison ce matin.

— Excepté votre fille, bien sûr, dit Tuppence, ouvrant la bouche pour la première fois.

— Excepté ma fille, reconnut le colonel. Elle s'est tout de suite proposée pour aller vous soumettre l'affaire.

Tommy se leva :

— Nous ferons de notre mieux pour vous donner satisfaction, colonel. Puis-je voir le salon et la table sur laquelle on avait posé le pendentif ? J'aimerais aussi poser quelques questions à Mrs Betts. Ensuite j'interrogerai les domestiques... ou plutôt non, mon assistante, miss Robinson, s'en chargera.

A l'idée d'affronter les domestiques, Tommy sentait son courage faiblir.

Ils sortirent du bureau avec le colonel, qui leur fit traverser le vestibule. En approchant du salon dont la porte était ouverte, ils reconnurent la voix de la jeune fille qu'ils avaient vue le matin.

— Vous savez très bien, mère, qu'un jour elle a emporté une petite cuillère dans son manchon, disait-elle.

Ils entrèrent et on les présenta à Mrs Kingston Bruce, dame gémissante aux airs languides. Sa fille, plus renfrognée que jamais, ne leur adressa qu'un petit signe de tête.

Mrs Kingston Bruce se montra fort volubile.

— ...mais je sais qui l'a prise, à mon avis, conclut-elle. C'est cet affreux jeune socialiste. Que peut-on espérer d'autre de quelqu'un qui aime les Russes et les Allemands, et qui déteste les Anglais ?

— Il ne l'a même pas touchée ! s'écria miss Kingston Bruce avec violence. Je ne l'ai pas quitté de l'œil de toute la soirée. Il n'aurait pas pu le faire sans que je le voie.

Tête haute, elle les défia tous du regard.

Tommy demanda à interroger Mrs Betts, opérant ainsi une heureuse diversion. Mrs Kingston Bruce, son mari et sa fille une fois partis à sa recherche, il se mit à siffloter, songeur :

— Qui a emporté une petite cuillère dans son manchon ? Je me le demande...

— Moi aussi, dit Tuppence.

Suivie de son mari, Mrs Betts fit irruption dans le salon. C'était une forte femme, à la voix assurée. Le mari, lui, avait l'air dyspeptique et soumis.

— J'ai cru comprendre, Mr Blunt, que vous êtes détective privé et que, de plus, vous débrouillez les affaires avec la rapidité de l'éclair.

— On me surnomme l'Eclair, Mrs Betts. Puis-je vous poser quelques questions ?

Tout alla très vite. On montra à Tommy le pendentif endommagé, la table sur laquelle on l'avait posé. Et Mr Betts sortit de son silence pour préciser, en dollars, la valeur de la perle volée.

Cependant, Tommy était agacé, parce qu'il sentait bien qu'il n'avançait pas.

— Je pense que ce sera tout, dit-il enfin. Miss Robinson, pourriez-vous avoir l'obligeance d'aller chercher l'appareil photographique spécial que j'ai laissé dans le vestibule ?

Miss Robinson obéit.

— Une petite invention à moi, précisa Tommy. En apparence, comme vous voyez, rien ne le distingue d'un appareil photographique ordinaire.

Les Betts parurent impressionnés, ce qui lui procura quand même une certaine satisfaction.

Il photographia le pendentif, la table, et prit quelques vues générales de la pièce. Puis il envoya « miss Robinson » interroger les domestiques. Mais devant les regards pleins d'attente du colonel Kingston Bruce et de Mrs Betts, Tommy se crut obligé de prononcer quelques paroles catégoriques.

— La situation est la suivante, dit-il. Ou bien la perle est encore dans la maison, ou bien elle n'est plus dans la maison.

— Très juste, approuva le colonel, avec peut-être plus de révérence que n'en justifiait le caractère de cette remarque.

— Si elle n'est pas dans la maison, elle peut se trouver n'importe où, mais si elle est dans la maison, elle doit nécessairement être cachée quelque part...

— ...et une fouille doit être entreprise, acheva le colonel Kingston Bruce. Très juste. Je vous donne carte blanche, Mr Blunt. Fouillez la maison de la cave au grenier.

— Oh, Charles ! murmura Mrs Kingston Bruce avec des larmes dans la voix. Pensez-vous que cela soit bien raisonnable ? Les domestiques ne vont pas aimer ça du tout. Ils vont nous quitter, j'en suis sûre.

— Nous fouillerons leurs chambres en dernier, dit Tommy pour l'apaiser. Le voleur a certainement caché le bijou à l'endroit le plus improbable.

— En effet, il me semble avoir lu un jour quelque chose de ce genre, reconnut le colonel.

— En effet, répondit Tommy. Vous pensez sans doute à l'affaire du Roi contre Bailey : elle a créé un précédent.

— Bah... euh... oui, dit le colonel, légèrement ahuri.

— Bon. Cela dit, l'endroit le plus improbable est la chambre de Mrs Betts, poursuivit Tommy.

— Ça par exemple ! Voilà qui serait vraiment malin ! s'écria Mrs Betts, saisie d'admiration.

Sans plus de cérémonie, elle le conduisit dans sa chambre où, une fois encore, Tommy fit usage de son appareil spécial.

Là-dessus, Tuppence vint les rejoindre.

— Voyez-vous un inconvénient à ce que mon assistante jette un coup d'œil dans votre garde-robe, Mrs Betts ?

— Mon Dieu, non. Avez-vous encore besoin de moi ici ?

Tommy lui ayant assuré qu'il n'avait plus du tout besoin d'elle, elle quitta la pièce.

— Nous pouvons continuer à bluffer, dit Tommy,

mais pour ma part je suis convaincu que nous n'avons pas la moindre chance de mettre la main sur cet objet. Toi et ton maudit truc de vingt-quatre heures... !

— Ecoute, dit Tuppence. A mon avis, les domestiques sont hors de cause, mais j'ai réussi à tirer quelque chose de la femme de chambre française. Il paraît que l'année dernière, alors qu'elle séjournait chez les Kingston Bruce, lady Laura est allée prendre le thé chez des amis à eux, et quand elle est rentrée, une petite cuillère est tombée de son manchon. Tout le monde a pensé que cette petite cuillère s'y était glissée par accident. Mais au cours de la conversation, j'en ai appris un peu plus. Lady Laura n'a pas un radis. Elle vit constamment chez les uns ou chez les autres. Elle s'arrange pour s'installer confortablement chez ceux pour qui un titre signifie encore quelque chose. Or, cinq vols bien distincts ont été commis dans différentes maisons où elle a séjourné, aussi bien d'objets sans grande valeur que de bijoux précieux. Simple coïncidence ?

— Fichtre ! s'écria Tommy, exclamation qu'il fit suivre d'un sifflement prolongé. Tu sais où se trouve la chambre de la vieille chouette ?

— Juste en face, de l'autre côté du couloir.

— Alors je crois, je crois vraiment que nous ferions bien de traverser ce couloir et d'aller fouiner un peu par là.

En face, la porte était entrouverte. Ils entrèrent dans une vaste chambre garnie de meubles laqués et de rideaux roses. Une autre porte menait à la salle de bains, d'où surgit une jeune fille brune et mince, tirée à quatre épingles. Tuppence ne lui laissa pas le temps d'exprimer sa surprise.

— Je vous présente Elise, la femme de chambre de lady Laura, Mr Blunt, dit-elle cérémonieusement.

Tommy franchit le seuil de la salle de bains, plein d'admiration silencieuse pour sa somptueuse installation, dernier cri du modernisme. Et il se mit aussitôt à l'œuvre de façon à rassurer la petite Française qui le regardait avec de grands yeux soupçonneux.

— Vous êtes très occupée, mademoiselle Elise?

— Oui, monsieur. Je suis en train de nettoyer la baignoire de Madame.

— Et si vous m'aidiez plutôt à prendre quelques photos? J'ai apporté un appareil extraordinaire avec lequel je photographie toutes les pièces de la maison.

La porte de communication avec la chambre à coucher claqua brusquement derrière lui. Elise sursauta :

— Qu'est-ce qui s'est passé?

— Ça doit être le vent, dit Tuppence.

— Allons dans la chambre, suggéra Tommy.

Elise voulut leur ouvrir la porte, mais la poignée résista.

— Qu'y a-t-il? demanda vivement Tommy.

— C'est que, monsieur, quelqu'un a dû la fermer de l'autre côté...

Elle s'empara d'une serviette de toilette et essaya de nouveau, mais cette fois la poignée tourna sans difficulté.

— *Ça, c'est curieux!* s'exclama Elise en français. Elle devait être coincée...

Il n'y avait personne dans la chambre à coucher.

Tommy alla chercher son appareil et entreprit de faire travailler Tuppence et Elise sous sa direction. Cependant, son regard revenait sans cesse se poser sur la porte de la salle de bains.

— Je me demande vraiment pourquoi la poignée s'est coincée, marmonna-t-il entre ses dents.

Il l'examina minutieusement, l'ouvrit, la ferma... Elle fonctionnait à la perfection.

— Prenons encore un cliché, dit-il en soupirant.

Voudriez-vous écarter ce rideau rose, mademoiselle Elise ? Merci. Tenez-le comme ça.

On entendit le déclic habituel. Puis Tommy demanda à Elise de lui tenir sa plaque, confia le trépied à Tuppence et referma l'appareil avec beaucoup de soin. Après quoi il se débarrassa d'Elise sous un prétexte quelconque et, attrapant Tuppence par le bras :

— Ecoute, j'ai une idée. Tu peux traîner un peu par ici ? Fouille toutes les pièces, cela prendra déjà un moment. Essaye d'interroger la vieille chouette — lady Laura — mais sans l'effrayer. Dis-lui que tu soupçonnes la femme de chambre. Arrange-toi comme tu voudras, mais empêche-la de quitter la maison. Je pars avec la voiture. Je reviendrai aussi vite que possible.

— Entendu, répondit Tuppence. Mais attention, ne sois pas si sûr de toi. Tu oublies un détail.

— Lequel ?

— La fille. J'ai découvert quelque chose de bizarre à son propos. Etant donné le moment où elle est partie de la maison ce matin, il lui a fallu deux heures pour arriver à l'agence. Ça n'a aucun sens. Où est-elle allée entre-temps ?

— En effet, c'est à vérifier, reconnut-il. Bon, suis toutes les pistes que tu voudras, mais ne laisse pas lady Laura quitter la maison... Qu'est-ce que c'est que ça ?

Il avait cru entendre un léger bruissement sur le palier. Il ouvrit vivement la porte mais ne vit personne.

— Bon, à tout à l'heure, dit-il. Je vais faire aussi vite que possible.

4

L'AFFAIRE DE LA PERLE ROSE *(suite)*

Tuppence regarda non sans une certaine appréhension la voiture s'éloigner. Tommy était plein d'assurance alors qu'elle n'était sûre de rien. Il y avait un ou deux détails qui lui paraissaient tout à fait inexplicables.

Elle était encore à la fenêtre quand elle vit un homme quitter l'abri d'une porte cochère, sur le trottoir d'en face. Il traversa la rue et vint sonner à la porte.

Tuppence sortit de la pièce et se retrouva en bas de l'escalier à la vitesse de l'éclair. Elle renvoya impérativement du geste Gladys Hill, la femme de chambre qui venait d'apparaître dans le vestibule, et alla ouvrir.

Un jeune homme efflanqué et mal habillé, à la prunelle noire et ardente, hésita un instant devant la porte avant de demander :

— Miss Kingston Bruce est là ?

— Donnez-vous la peine d'entrer, dit Tuppence en s'effaçant pour le laisser passer. Mr Rennie, sans doute ? ajouta-t-elle aimablement, en refermant la porte.

Il lui jeta un regard rapide :

— Euh... oui.

— Par ici, s'il vous plaît.

Elle lui ouvrit la porte du bureau. La pièce était vide. Elle l'y suivit et referma derrière elle.

— Je voudrais voir miss Kingston Bruce, dit-il, l'air soucieux.

— Je ne suis pas sûre que cela soit possible, répondit Tuppence posément.

— Dites donc, qui diable êtes-vous ? répliqua Mr Rennie de façon fort impolie.

— Agence Internationale de Détectives, répondit succinctement Tuppence, qui prit bonne note du sursaut de Mr Rennie. Asseyez-vous, je vous en prie, continua-t-elle. Sachez tout d'abord que nous sommes au courant de la visite que miss Kingston Bruce vous a faite ce matin.

L'hypothèse, pour audacieuse qu'elle fût, se révéla payante. Au vu de sa consternation, Tuppence s'engouffra dans la brèche :

— Le plus important, Mr Rennie, c'est de retrouver la perle. Personne, ici, ne désire que l'affaire s'ébruite. Pourquoi ne pas envisager un arrangement à l'amiable ?

Il lui lança un regard pénétrant :

— Je me demande ce que vous savez au juste... Laissez-moi réfléchir un instant.

Il se prit la tête dans les mains, puis posa une question des plus inattendues :

— Dites-moi, c'est vrai que le jeune St. Vincent va se marier ?

— Tout ce qu'il y a de plus vrai, répondit Tuppence. Je connais la fiancée.

Mr Rennie se montra soudain en veine de confidences :

— C'était horrible, dit-il. On l'invitait matin, midi et soir, pour lui jeter Beatrice à la tête. Tout ça parce qu'il va hériter d'un titre un de ces jours. S'il ne tenait qu'à moi...

— Laissons la politique de côté, s'empressa d'intervenir Tuppence. Cela vous ennuierait-il, Mr Rennie, de me faire savoir pourquoi vous pensez que miss Kingston Bruce a pris la perle ?

— Je... Je n'ai jamais pensé que...

— Bien sûr que si, répliqua Tuppence. Vous avez attendu le départ du détective pour avoir le champ libre et venir demander à la voir. Si vous aviez volé la perle vous-même, vous ne seriez pas à moitié aussi inquiet. C'est évident.

— Elle avait un comportement si bizarre..., avoua le jeune homme. Elle est passée chez moi ce matin pour me raconter le vol et m'expliquer qu'elle allait de ce pas s'adresser à une agence de détectives. Elle avait l'air d'avoir quelque chose sur le cœur qu'elle n'arrivait pas à sortir.

— Bon, dit Tuppence. Tout ce que je veux, c'est la perle. Vous feriez mieux d'aller lui parler.

Ce fut le moment que le colonel Kingston Bruce choisit pour ouvrir la porte.

— Le repas est servi, miss Robinson. J'espère que vous nous ferez le plaisir de déjeuner avec nous. Le...

Il jeta un regard noir sur Mr Rennie et s'arrêta net.

— Visiblement, je ne suis pas invité, dit celui-ci. N'ayez crainte, je m'en vais.

— Revenez tout à l'heure, lui chuchota Tuppence au passage.

Puis elle suivit le colonel — qui pestait dans sa moustache contre le culot monstre de certains individus — dans l'imposante salle à manger où la famille se trouvait déjà rassemblée. Tuppence connaissait toutes les personnes présentes, sauf une.

— Lady Laura, je vous présente miss Robinson, qui a la gentillesse de nous prêter son concours.

Lady Laura inclina la tête et se mit en devoir d'examiner Tuppence à travers son pince-nez. C'était une femme grande et mince, au sourire triste, à la voix douce mais au regard dur et perspicace. Tuppence lui retourna son regard et lady Laura baissa les yeux.

Le déjeuner achevé, elle fit montre d'une discrète curiosité. L'enquête avançait-elle ? Tuppence insista comme il convenait sur les soupçons qui pesaient sur la femme de chambre, mais elle n'avait pas vraiment l'esprit occupé par lady Laura. Celle-ci pouvait bien cacher des petites cuillères ou Dieu sait quels autres objets dans ses vêtements, Tuppence était convaincue qu'elle n'avait pas volé la perle rose.

Tuppence se mit à fouiller la maison. Le temps passait, et Tommy ne donnait toujours pas signe de vie. Mr Rennie non plus, ce qui était beaucoup plus grave. Tout à coup, en sortant d'une chambre, Tuppence se heurta à Beatrice Kingston Bruce qui descendait, habillée pour sortir.

— Je regrette, dit Tuppence, mais vous ne pouvez pas sortir maintenant.

La jeune fille la toisa.

— Ce que je fais ou non ne vous regarde pas, répliqua-t-elle froidement.

— Mais que j'en parle ou non à la police, cela me regarde, riposta Tuppence.

Le visage de la jeune fille devint couleur de cendre.

— Non, non... Je vais rester... Ne faites pas ça ! supplia-t-elle en se cramponnant à Tuppence.

— Chère miss Kingston Bruce, dit Tuppence en souriant. J'ai vu clair dans cette affaire depuis le début. Je...

Elle fut interrompue. Dans l'émotion de sa rencontre avec la jeune fille, Tuppence n'avait pas entendu la sonnette de la porte d'entrée. A sa stupeur, elle aperçut Tommy qui montait quatre à quatre l'escalier et en bas, dans le vestibule, un grand gaillard occupé à se débarrasser de son chapeau melon.

— Inspecteur Marriot, de Scotland Yard, dit celui-ci en souriant.

Beatrice Kingston Bruce poussa un cri, s'arracha à Tuppence et se retrouva en bas des marches juste au moment où la porte s'ouvrait de nouveau, cette fois sur Mr Rennie.

— Maintenant, tu as vraiment tout fichu en l'air, murmura Tuppence avec amertume.

— Hein ? dit Tommy en se précipitant dans la chambre de lady Laura.

Il entra dans la salle de bains et en ressortit avec un gros morceau de savon dans les mains, à l'instant même où déboulait l'inspecteur.

— Elle n'a fait aucune difficulté, annonça ce dernier. Elle connaît la musique, elle sait que les carottes sont cuites. Où est la perle ?

— J'ai dans l'idée que vous allez la trouver là-dedans, dit Tommy en lui tendant le savon.

Dans l'œil de l'inspecteur s'alluma une lueur admirative :

— Un vieux truc, un excellent truc... On coupe un savon en deux, on creuse un trou suffisant pour y placer le bijou, on rassemble ensuite les deux morceaux et on égalise la jointure avec de l'eau chaude. Du beau travail que vous avez fait là, monsieur !

Tommy accepta le compliment avec grâce. Comme il descendait l'escalier en compagnie de Tuppence, le colonel Kingston Bruce lui courut après et lui serra chaleureusement la main :

— Je ne sais comment vous remercier, cher monsieur. Lady Laura aussi voudrait vous exprimer sa gratitude...

— Ravi d'avoir pu vous donner satisfaction, dit Tommy. Malheureusement, je ne peux pas m'attarder. J'ai un rendez-vous impérieux. Un membre du gouvernement...

Il se précipita vers sa voiture et sauta dedans, suivi de Tuppence qui sauta à côté de lui et s'exclama :

— Mais voyons, Tommy ! Ils n'ont pas arrêté lady Laura en fin de compte ?

— Je ne te l'ai pas dit ? Non, ils n'ont pas arrêté lady Laura. Ils ont arrêté Elise.

Et tandis que Tuppence le regardait, sidérée, il continua :

— Tu comprends, il m'est souvent arrivé d'essayer d'ouvrir une porte avec les mains pleines de savon. C'est impossible, elles glissent. Alors je me suis demandé ce qu'Elise avait bien pu fabriquer avec le savon pour avoir les mains si savonneuses. Tu te rappelles qu'ensuite elle s'est servie d'une serviette, si bien qu'on n'a trouvé aucune trace de savon sur la poignée. Mais je me suis dit que, pour une professionnelle du vol, une place de femme de chambre auprès d'une dame soupçonnée de kleptomanie et faisant de fréquents séjours chez les uns et les autres, ce n'était pas une si mauvaise idée. Alors je me suis arrangé pour la photographier en même temps que le reste, je lui ai fait prendre en main la plaque photographique, et je suis allé faire un petit tour du côté de ce bon vieux Scotland Yard. Le négatif a été développé en un éclair, les empreintes identifiées, la photo aussi : Elise était une vieille connaissance qu'ils avaient perdue de vue depuis longtemps... Un endroit plein de ressources, ce Scotland Yard.

— Quand je pense que ces deux jeunes imbéciles, dit Tuppence qui avait retrouvé la voix, se soupçonnaient l'un l'autre comme les héros d'un mauvais roman... Mais pourquoi ne m'as-tu pas mise au courant de ce que tu cherchais avant de partir ?

— *Primo*, parce que je pensais qu'Elise était sur le palier et nous écoutait. Et *secundo*...

— *Secundo* ?

— Mon éminent confrère a l'air d'oublier que le Dr Thorndyke ne révèle jamais rien avant la fin. Sans compter que toi et ton amie Janet Smith vous m'avez bien eu la dernière fois. Comme ça, nous voilà quittes.

5

LE SINISTRE INCONNU

— Quelle journée mortelle ! dit Tommy en bâillant à se décrocher la mâchoire.

— Bientôt l'heure du thé, dit Tuppence en bâillant à son tour.

Les affaires ne marchaient pas fort à l'Agence Internationale de Détectives. La lettre tant attendue du marchand de jambon n'était toujours pas arrivée, et rien de sérieux ne s'annonçait.

Albert, le commis, entra avec un colis plombé qu'il posa sur la table.

— « Le Mystère du Colis Plombé », murmura Tommy. Contient-il les fameuses perles de la Grande-Duchesse de Russie ? Ou la machine infernale destinée à faire voler en éclats les Fins Limiers de Blunt ?

— En fait, dit Tuppence en ouvrant le paquet, c'est mon cadeau de mariage pour Francis Haviland. Pas mal, non ?

Tommy saisit le délicat porte-cigarettes en argent qu'elle lui tendait, lut l'inscription qu'elle y avait fait graver de sa propre écriture : *Pour Francis - Tuppence*, l'ouvrit, le ferma, et hocha la tête, approbateur.

— Tu jettes ton argent par les fenêtres, remarqua-t-il. J'en veux un comme ça le mois prochain, pour mon anniversaire, mais en or. C'est du gâchis d'offrir un objet pareil à un Francis Haviland, qui a toujours été et sera toujours le plus parfait crétin que Dieu ait jamais créé !

— Tu oublies qu'il était général et que je lui ai servi de chauffeur pendant la guerre. Ah ! c'était le bon temps !

— Pour ça oui, reconnut Tommy. Quand je pense à toutes ces femmes plus belles les unes que les autres qui venaient me tenir la main à l'hôpital... Mais je ne leur en envoie pas pour autant des cadeaux de mariage. Je doute que la mariée apprécie beaucoup le tien, Tuppence.

— Il est joli et assez plat pour la poche, non? demanda Tuppence sans relever ses propos.

Tommy le fit glisser dans sa propre poche.

— Parfait, approuva-t-il. Hé! Voilà Albert avec le courrier du soir. La duchesse de Perthshire nous charge peut-être de retrouver son pékinois de concours...

Ils se mirent à trier les lettres ensemble. Tout à coup, Tommy en brandit une en émettant un sifflement prolongé:

— Une enveloppe bleue avec un timbre russe... Tu te rappelles ce que nous a dit le Chef? Voilà ce que nous devions guetter...

— Quelle chance! s'écria Tuppence. Enfin, quelque chose! Ouvre-la et regarde si elle correspond à ce qu'on attendait. Elle doit venir d'un marchand de jambon, non? Une minute... Il nous faut du lait pour le thé. On a oublié de nous le livrer, ce matin. Je vais envoyer Albert en chercher.

Quand elle revint, après avoir expédié Albert en courses, Tommy tenait une feuille de papier bleu à la main:

— C'est bien ce que nous pensions, Tuppence. Pratiquement mot pour mot ce que nous a annoncé le Chef.

Elle lui prit la lettre.

Celle-ci était écrite en un anglais appliqué et maladroit, et se présentait comme émanant d'un certain Gregor Fiodorski, lequel était très désireux de savoir ce qu'était devenue sa femme. L'Agence Internationale de Détectives était priée de n'épargner aucune dépense et d'apporter le plus grand soin à retrouver sa trace. A cause de la crise qui sévissait en ce moment dans le commerce du porc, Fiodorski n'était pas en mesure de quitter la Russie et de venir lui-même.

— Je me demande ce que ça signifie en réalité, dit Tuppence en défroissant la feuille.

— Un code d'un genre quelconque, j'imagine, dit Tommy. Mais cela ne nous regarde pas. Nous devons simplement la transmettre au Chef aussi vite que possible. Vérifions quand même que le nombre 16 est bien inscrit sous le timbre.

— D'accord, dit Tuppence. Mais à mon avis...

Elle s'arrêta net. Surpris par son brusque silence, Tommy leva les yeux et aperçut, dans l'encadrement de la porte, une silhouette fortement charpentée. L'homme était imposant : épaules carrées, tête toute ronde, et mâchoire puissante. Il paraissait avoir dans les quarante-cinq ans.

— Excusez-moi, dit-il en pénétrant dans la pièce, son chapeau à la main, il n'y avait personne dans l'antichambre et cette porte était ouverte, c'est pourquoi je me suis permis d'entrer. Je suis bien à l'Agence Internationale de Détectives de Blunt ?

— C'est bien ça.

— Et vous êtes sans doute Mr Blunt ? Mr Theodore Blunt ?

— C'est bien moi. Vous désirez me consulter ? Voici ma secrétaire, miss Robinson.

Tuppence inclina gracieusement la tête, sans pour autant cesser d'observer le nouveau venu sous ses paupières baissées. Depuis combien de temps était-il à la porte ? Qu'avait-il vu et entendu ? Elle avait remarqué que ses yeux revenaient sans cesse sur le papier bleu qu'elle tenait à la main, même pendant qu'il parlait à Tommy.

Celui-ci la rappela brusquement à l'ordre.

— Miss Robinson, veuillez vous préparer à noter s'il vous plaît. Quant à vous, monsieur, voulez-vous avoir l'amabilité de m'exposer les faits au sujet desquels vous désirez mon avis ?

Tuppence prit son carnet et son crayon.

L'homme commença d'une voix assez dure :

— Je m'appelle Bower. Dr Charles Bower. Je vis et j'exerce à Hampstead. Il m'est arrivé des choses étranges, dernièrement. C'est pourquoi je suis venu vous voir.

— Ah, oui ?

— Par deux fois, au cours de la semaine, j'ai été appelé au téléphone pour une urgence — et par deux fois il s'agissait d'une mystification. J'ai d'abord pensé qu'on m'avait fait une farce, mais un jour, en rentrant, j'ai trouvé tous mes papiers personnels en désordre. Je suis convaincu maintenant qu'on les avait également fouillés la première fois. Après vérification, j'ai constaté qu'ils avaient été examinés minutieusement et remis en place à la hâte.

Le Dr Bower s'arrêta et regarda Tommy :

— Eh bien, Mr Blunt ?

— Eh bien, Dr Bower ?

— Que pensez-vous de ça, hein ?

— J'aimerais d'abord connaître les faits plus en détail. Qu'y a-t-il dans votre bureau ?

— Mes papiers personnels.

— Très bien. Maintenant, ces papiers personnels, en quoi consistent-ils ? Ont-ils une valeur quelconque pour un vulgaire voleur ? Ou pour quelqu'un d'autre en particulier ?

— Pour un vulgaire voleur, je ne vois pas. Mais mes notes, à propos de certains alcaloïdes inconnus, peuvent intéresser n'importe qui ayant des connaissances techniques suffisantes dans ce domaine. J'étudie la question depuis quelques années. Ces alcaloïdes sont des poisons virulents, mortels et, de plus, indécelables. On ignore les réactions qu'ils provoquent.

— Un secret pareil doit valoir de l'argent, non ?

— Pour des individus sans scrupules, certainement.

— Et vous soupçonnez... qui?

Le docteur haussa les épaules :

— Pour autant que je sache, il n'y a pas eu effraction, ce qui semble désigner une personne vivant sous mon toit. Et pourtant, je me refuse à croire que...

Il s'interrompit brusquement et reprit, l'air grave :

— Je me vois obligé de me remettre entièrement entre vos mains, Mr Blunt. Je ne peux pas me permettre de m'adresser à la police. J'ai trois domestiques dont je suis pratiquement sûr. Ils me servent avec dévouement depuis longtemps. Evidemment, on ne sait jamais... J'ai aussi des neveux qui vivent avec moi, Bertram et Henry. Henry est un bon garçon, un très bon garçon, qui ne m'a jamais causé le moindre souci. Un jeune homme très travailleur. J'avoue, à mon grand regret, que Bertram est tout différent : violent, dépensier et d'une paresse indécrottable.

— Je vois, dit Tommy, pensif. Vous soupçonnez votre neveu Bertram d'être mêlé à l'affaire. Eh bien, je ne suis pas d'accord avec vous. Moi, je soupçonne Henry, le bon garçon.

— Mais pourquoi?

— L'habitude... la routine, dit Tommy avec un geste de la main. Je sais par expérience que les individus suspects sont toujours innocents — et vice versa. Oui, décidément, c'est Henry que je soupçonne.

Tuppence l'interrompit avec déférence :

— Excusez-moi, Mr Blunt, le Dr Bower nous a bien dit qu'il gardait ses notes concernant ces... euh... alcaloïdes dans son bureau, avec ses autres papiers?

— Je les garde en effet dans mon bureau, chère petite madame, mais dans un tiroir secret, connu de moi seul. D'ailleurs, jusqu'à présent, elles ont échappé aux recherches.

— Et qu'attendez-vous au juste de moi, Dr Bower?

demanda Tommy. Vous prévoyez d'autres incursions dans vos papiers?

— Oui, Mr Blunt. Et j'ai les meilleures raisons pour ça. Cet après-midi, j'ai reçu un télégramme d'un patient que j'ai envoyé à Bournemouth il y a quelques semaines. Il prétendait être dans un état critique et me suppliait de venir d'urgence. Les événements dont je vous ai parlé m'ayant rendu méfiant, je lui ai envoyé moi aussi un télégramme, avec réponse payée. C'est ainsi que j'ai appris que mon patient était en excellente santé et qu'il ne m'avait expédié aucun message. L'idée m'est venue alors que si je faisais semblant de tomber dans le piège et de partir pour Bournemouth, nous aurions toutes les chances de prendre ces scélérats la main dans le sac. Ils attendront sans aucun doute que tout le monde soit couché pour opérer. Je vous propose donc de me retrouver devant la maison, ce soir, à 23 heures. Nous mènerons l'enquête ensemble.

— Avec l'espoir de les surprendre en pleine action, dit Tommy qui tambourinait, pensif, sur la table avec un coupe-papier. Votre plan me paraît excellent, Dr Bower, sans aucune faille. Voyons... votre adresse?

— Les Mélèzes, Hangman's Lane. Un endroit plutôt désert, mais de là nous avons une vue splendide sur la lande.

— Très juste, hasarda Tommy.

Le visiteur se leva:

— Je vous attends donc ce soir, Mr Blunt. Devant la maison à... disons 22 heures 55 pour plus de sûreté?

— Entendu. 22 heures 55. Au revoir, Dr Bower.

Tommy se leva aussi, sonna, et Albert arriva aussitôt pour raccompagner le docteur à la porte. Celui-ci boitait très nettement, ce qui ne nuisait en rien à l'impression de puissance physique qu'il donnait.

— Un client pas commode à manier, murmura

Tommy pour lui-même. Eh bien, Tuppence, qu'est-ce que tu penses de tout ça, ma vieille ?

— Cela tient en peu de mots, répondit Tuppence. *Pied Bot*.

— Comment ?

— J'ai dit *Pied Bot*. L'homme au Pied Bot. Valentin Williams. Je connais mes classiques. Toute cette histoire ne tient pas debout, Tommy. Des alcaloïdes inconnus ! Je n'ai jamais rien entendu d'aussi peu convaincant.

— Même moi, cela ne m'a pas tout à fait convaincu, reconnut Tommy.

— Tu as vu les regards qu'il jetait sur la lettre ? Il fait partie du gang, Tommy. Ils ont flairé que tu n'étais pas le vrai Mr Blunt et ils veulent notre peau.

— Dans ce cas, répondit Tommy en ouvrant le placard et en jetant un regard affectueux sur ses livres, rien n'est plus simple : nous serons les frères Okewood ! Moi, je choisis le rôle de Desmond.

Tuppence haussa les épaules :

— Très bien. Comme tu voudras. J'aime autant celui de Francis. C'est le plus intelligent des deux. Desmond se retrouve toujours dans le pétrin et Francis apparaît toujours à temps pour sauver la situation, déguisé en jardinier ou Dieu sait quoi.

— Oh ! mais c'est que je serai un super Desmond ! Quand j'arriverai devant la maison...

Tuppence l'interrompit sans cérémonie :

— Tu ne vas pas aller à Hampstead ce soir ?

— Pourquoi pas ?

— Tu vas te jeter dans le piège, les yeux fermés ?

— Non, ma chère enfant, je vais me jeter dans le piège, les yeux ouverts. Voilà toute la différence. Notre ami, le Dr Bower, va avoir droit à une petite surprise.

— Je n'aime pas ça du tout, répliqua Tuppence. Tu sais très bien ce qui se passe quand Desmond désobéit au Chef et cherche à voler de ses propres ailes. Pour nous, la consigne était très claire : faire suivre les lettres aussitôt et signaler immédiatement tout ce qui arrive.

— Ce n'est pas tout à fait exact, dit Tommy. Nous devions signaler immédiatement tout individu qui arriverait et mentionnerait le nombre 16. Or, personne ne l'a fait.

— Tu chinoises !

— Non, vraiment. J'ai envie de faire cavalier seul. Ma vieille, ne t'inquiète pas, tout ira bien. Je vais y aller armé jusqu'aux dents. Tout repose sur l'idée que je serai sur mes gardes et qu'ils n'en sauront rien. Le Chef sera obligé de me féliciter pour le travail que j'aurai accompli ce soir.

— Quand même, cela ne me plaît pas, dit Tuppence. Cet homme est fort comme un gorille.

— Pense au museau bleu de mon automatique...

La porte s'ouvrit devant Albert, qui la referma et s'approcha d'eux, une enveloppe à la main.

— Une visite, dit-il. J'ai commencé mon truc habituel, le coup de la conversation avec Scotland Yard, mais ce gentleman m'a dit qu'il était au courant, qu'il venait lui-même de Scotland Yard ! Il a écrit quelque chose sur une carte qu'il a glissée dans cette enveloppe.

Tommy la prit et l'ouvrit. La carte lui arracha un sourire :

— Ce monsieur s'est amusé à tes dépens en disant la vérité, Albert. Fais-le entrer.

La carte de visite, qu'il tendit à Tuppence, était celle de l'inspecteur Dymchurch. Celui-ci avait griffonné en travers, au crayon : « Un ami de Marriot ».

L'inspecteur de Scotland Yard entra presque aussitôt. Extérieurement, il ressemblait beaucoup à l'inspecteur Marriot : petit, trapu, l'œil perçant.

— Bonjour, dit-il d'un ton cordial. Marriot est au pays de Galles, mais avant de partir il m'a demandé d'avoir l'œil sur vous deux, et sur cet endroit en particulier. Oh! soyez tranquille, monsieur, ajouta-t-il en voyant que Tommy cherchait à l'interrompre, *nous* sommes au courant de tout. Ce n'est pas de notre ressort et d'habitude nous ne nous en mêlons pas. Mais l'un de nous a flairé que, contrairement aux apparences, il se passait quelque chose d'anormal chez vous. Vous avez reçu une visite cet après-midi. J'ignore quel nom ce monsieur vous a donné et j'ignore d'ailleurs moi aussi son véritable nom, mais je sais quelques petites choses sur son compte. Assez pour désirer en savoir plus. Je ne me trompe pas en supposant qu'il vous a fixé rendez-vous à un endroit précis, ce soir?

— En effet.

— C'est bien ce que je pensais. Au 16, Westerham Road, Finsbury Park, n'est-ce pas?

— Là, vous faites erreur, dit Tommy avec un sourire. Vous vous trompez du tout au tout. Les Mélèzes, Hampstead.

Dymchurch parut sincèrement dérouté. Il ne s'attendait visiblement pas à ça.

— Je n'y comprends rien, avoua-t-il. Il doit s'agir d'une nouvelle installation. Vous dites Les Mélèzes, à Hampstead?

— Oui. Je dois le retrouver là à 23 heures.

— N'y allez pas, monsieur.

— Qu'est-ce que je te disais! s'exclama Tuppence.

— Si vous croyez, inspecteur..., commença Tommy, tout rouge.

L'inspecteur l'apaisa d'un geste:

— Je vais vous dire ce que je crois, Mr Blunt. Je crois que ce soir, à 23 heures, l'endroit où vous devriez vous trouver c'est ici, dans ce bureau.

— Quoi? s'écria Tuppence, stupéfaite.

— Oui, ici, dans ce bureau. Vous avez reçu aujourd'hui — peu importe comment je le sais, les services se chevauchent parfois — une de ces fameuses lettres

« bleues ». L'homme au nom mystérieux la veut. Il vous attire à Hampstead, s'assure que vous lui avez laissé le champ libre, pénètre ici, la nuit, quand tout est calme et qu'il n'y a plus personne dans l'immeuble, et se met tranquillement à sa recherche.

— Mais comment peut-il penser qu'il la trouvera ici ? Je pourrais très bien l'avoir sur moi, ou l'avoir déjà fait suivre.

— Mille excuses, monsieur, mais il ne peut justement pas penser cela. Il a sans doute compris que vous n'étiez pas le vrai Mr Blunt, mais il doit croire que vous avez racheté l'affaire en toute bonne foi. Par conséquent, la lettre aura été traitée comme n'importe quelle autre lettre et rangée dans un dossier.

— Je vois, dit Tuppence.

— Nous nous garderons bien de le détromper et nous allons le prendre, ce soir, la main dans le sac.

— C'est ce que vous avez prévu ?

— Oui. Une occasion pareille ne se présente pas deux fois. Et maintenant, voyons, quelle heure est-il ? 6 heures du soir... A quelle heure partez-vous d'ici en général, monsieur ?

— Vers 6 heures.

— Vous allez faire semblant de quitter les lieux comme d'habitude. En réalité, nous reviendrons ensemble aussitôt après, sans nous faire voir. Ils ne viendront probablement pas avant 23 heures, mais rien n'est impossible. Si vous permettez, je vais aller jeter un coup d'œil dehors pour m'assurer que l'immeuble n'est pas surveillé.

Dymchurch parti, Tommy et Tuppence entamèrent, sur un ton aigre et très animé, une discussion qui dura un certain temps et qui se termina par la soudaine capitulation de Tuppence.

— Très bien. Je me rends, dit-elle. Je vais rentrer à la maison et y rester comme une gentille petite fille pendant que tu pourfendras les escrocs et frayeras avec des détectives. Mais vous ne perdez rien pour attendre, jeune homme. Je vous ferai payer cher tout le plaisir dont vous m'aurez frustrée...

C'est alors que revint Dymchurch.

— Tout paraît clair à l'horizon, dit-il. Mais on ne sait jamais. Partez comme d'habitude, cela vaut mieux. Une fois que vous aurez quitté la place, ils abandonneront la planque.

Tommy donna l'ordre à Albert de fermer. Ils allèrent ensuite tous les quatre au garage et s'installèrent dans la voiture, Tuppence au volant, Albert à côté d'elle, Tommy et l'inspecteur à l'arrière.

A un moment donné, ils se trouvèrent arrêtés par un embouteillage. Tuppence se retourna et adressa un petit signe de tête à Tommy et à l'inspecteur. Ceux-ci descendirent de voiture en plein milieu d'Oxford Street, et Tuppence repartit aussitôt.

6

LE SINISTRE INCONNU *(suite)*

— N'entrons pas tout de suite, dit Dymchurch à Tommy alors qu'ils marchaient à vive allure dans Haleham Street. Vous avez la clef?

Tommy acquiesça.

— Si nous allions manger un morceau, dans ce cas? Il est un peu tôt pour dîner, mais puisqu'il y a un petit restaurant juste en face... Nous pourrons nous installer près de la fenêtre et surveiller les lieux.

Ainsi firent-ils, et le repas fut très agréable. Tommy trouva en l'inspecteur Dymchurch un convive fort intéressant, qui avait beaucoup évolué, au cours de sa carrière, parmi les espions internationaux. Pour une oreille innocente, les histoires qu'il racontait étaient stupéfiantes.

A 8 heures, Dymchurch donna le signal de l'action.

— Il fait noir, maintenant. Nous allons pouvoir nous faufiler à l'intérieur sans nous faire remarquer.

En effet, l'obscurité était totale. Ils jetèrent un rapide coup d'œil à droite et à gauche, traversèrent la rue déserte, se glissèrent dans l'immeuble et montèrent l'escalier. Juste au moment où il mettait la clef dans la serrure, Tommy crut entendre Dymchurch siffler derrière lui.

— Pourquoi sifflez-vous? demanda-t-il vivement.

— Je ne siffle pas, répondit Dymchurch, très surpris. Je croyais que c'était vous.

— Alors, il y a quelqu'un..., commença Tommy.

Il n'alla pas plus loin. Des bras puissants l'avaient saisi par derrière et, avant qu'il ait pu émettre un son, on lui appliquait sur la bouche et sur le nez un tampon à l'odeur douceâtre.

Il se débattit vaillamment, mais en vain. Le chloroforme faisait son œuvre. La tête lui tournait, le sol ondulait devant lui. Suffoquant, il perdit conscience.

Il revint à lui, endolori mais en pleine possession de ses facultés. On ne lui avait administré qu'une bouffée de chloroforme, juste ce qu'il fallait pour se donner le temps de lui enfoncer un bâillon dans la bouche et s'assurer ainsi qu'il ne crierait pas.

Il se trouvait dans un coin de son propre bureau, adossé au mur, mi-assis, mi-couché. Deux hommes étaient occupés à fouiller sa table de travail et les placards, mettant tout sens dessus dessous et jurant copieusement.

— Que le diable m'emporte, patron! dit le plus grand d'une voix rauque. Nous avons retourné ce maudit endroit de haut en bas et de bas en haut. Elle n'est pas là.

— Elle doit y être, répliqua l'autre avec rage. Puisqu'il ne l'a pas sur lui, elle ne peut être nulle part ailleurs.

Tout en parlant, le deuxième homme s'était retourné et, à sa profonde stupeur, Tommy reconnut en lui l'inspecteur Dymchurch. Devant l'air médusé de Tommy, celui-ci sourit :

— Ainsi, notre jeune ami est réveillé, dit-il. Et légèrement surpris, on dirait. Cela a été si simple, pourtant ! Nous nous sommes doutés qu'il se passait quelque chose d'anormal à l'Agence Internationale de Détectives. Je me suis proposé pour aller m'en assurer. Mais j'ai d'abord envoyé mon vieux camarade Carl Bauer, pour le cas où le nouveau Mr Blunt aurait été un véritable espion et se méfierait. Carl avait pour instructions de lui servir une histoire invraisemblable afin d'éveiller ses soupçons. Ce qu'il a fait. C'est alors que je suis entré en scène — en utilisant le nom de l'inspecteur Marriot pour inspirer confiance. Le reste va de soi.

Il se mit à rire.

Tommy mourait d'envie de dire certaines choses, mais il en était empêché par son bâillon. Il mourait également d'envie de *faire* certaines choses — avec ses mains et ses pieds en particulier — mais, hélas ! on avait aussi veillé à cela. Il avait été soigneusement ligoté.

Ce qui l'étonnait le plus, c'était l'incroyable transformation de l'homme qu'il avait sous les yeux. Dans le rôle de l'inspecteur Dymchurch, il était l'incarnation même de l'Anglais, alors que maintenant, tout le monde pouvait voir en lui un étranger — cultivé certes, et parlant anglais à la perfection, sans la moindre trace d'accent.

— Coggins, mon ami, dit le ci-devant inspecteur en s'adressant à son associé aux airs de brigand, va te poster près du prisonnier avec ton casse-tête : je vais lui enlever son bâillon. Vous comprenez, Mr Blunt, qu'il serait tragiquement stupide de votre part de vous mettre à crier ? Mais oui, je suis sûr que vous le comprenez. Vous êtes un garçon très intelligent pour votre âge.

Il lui retira prestement son bâillon et recula.

Tommy fit jouer ses mâchoires endolories, tourna sa langue dans sa bouche, déglutit deux fois... et n'émit pas un son.

— Bravo ! Vous avez de l'emprise sur vous-même. Vous avez pris la juste mesure de la situation. Vraiment, vous n'avez rien à dire ?

— Ce que j'ai à dire ne perdra rien à attendre, répondit Tommy.

— Eh bien, ce que j'ai à dire, moi, ne peut pas attendre. En bon anglais, Mr Blunt, où est cette lettre ?

— Je n'en sais rien, mon cher, répliqua joyeusement Tommy. Je ne l'ai pas, vous le savez aussi bien que moi. A votre place, je continuerais à chercher. J'adore vous voir jouer à cache-cache, vous et votre camarade Coggins.

L'autre se rembrunit.

— C'est très bien d'être aussi désinvolte, Mr Blunt. Regardez cette boîte carrée, là-bas : c'est le petit attirail de Coggins. On y trouve du vitriol... oui, du vitriol... et des fers qui, si on les met au feu, deviennent rouges et brûlants...

Tommy secoua tristement la tête.

— Le diagnostic était erroné, murmura-t-il. Nous avons mal appréhendé cette histoire. Nous ne sommes pas dans une aventure de l'Homme au Pied Bot. Mais plutôt dans une histoire de Bulldog Drummond, et vous êtes l'inimitable Carl Peterson.

— Qu'est-ce que vous me chantez-là ? grommela l'autre.

— Ah ! Je vois, dit Tommy. Les classiques ne vous sont pas familiers. Dommage !

— Pauvre imbécile! Allez-vous faire ce qu'on vous dit, ou dois-je demander à Coggins de sortir ses outils et de se mettre à l'œuvre?

— Ne soyez pas si pressé, répondit Tommy. Bien sûr que je vais faire ce que vous voulez. Dès que vous m'aurez expliqué de quoi il s'agit. Vous ne pensez quand même pas que j'ai envie d'être détaché en filets, comme une sole, et passé au gril. J'ai horreur de souffrir.

Dymchurch le regarda avec mépris:

— *Gott!* Ce que ces Anglais peuvent être lâches!

— C'est du bon sens, mon cher, du simple bon sens. Oubliez le vitriol et venons-en aux choses sérieuses.

— Je veux cette lettre.

— Je vous ai déjà dit que je ne l'avais pas.

— Nous le savons. Nous savons aussi qui doit l'avoir. La fille.

— C'est bien possible, répliqua Tommy. Elle a pu la glisser dans son sac quand votre copain Carl est entré par surprise.

— Ah! Vous le reconnaissez! C'est la sagesse même. Bon, alors vous allez écrire à cette Tuppence, comme vous l'appelez, pour lui ordonner d'apporter la lettre ici immédiatement.

— Je ne peux pas faire ça..., commença Tommy.

L'autre l'interrompit:

— Ah! Vous ne pouvez pas? Très bien, nous allons voir ça tout de suite. Coggins!

— Ne soyez pas si pressé, répéta Tommy. Attendez au moins que j'aie fini ma phrase. Comme j'allais vous le dire, je ne peux pas le faire avec les bras liés. Je ne suis pas un phénomène de foire capable d'écrire avec son nez ou ses orteils, sapristi!

— Alors, vous êtes disposé à écrire?

— Evidemment! Je n'arrête pas de vous le dire! Je ne cherche qu'à vous être agréable. De votre côté, je suis sûr que vous ne serez pas désagréable avec Tuppence. C'est une si gentille fille !

— Nous voulons la lettre, un point c'est tout, répondit Dymchurch — mais un sourire bizarre, très déplaisant, flottait sur sa figure.

Sur un signe, cette brute de Coggins s'agenouilla près de Tommy et lui libéra les mains et les bras. Celui-ci les agita, pour les dégourdir.

— Voilà qui est mieux, dit-il gaiement. Coggins aura-t-il l'amabilité de me passer mon stylo ? Il doit être sur la table, avec toutes mes affaires.

Coggins le lui apporta de mauvaise grâce, ainsi qu'une feuille de papier.

— Faites attention à ce que vous écrivez ! le prévint Dymchurch, d'un ton menaçant. Je laisse le texte à votre discrétion, mais n'oubliez pas qu'un échec signifierait la mort. Une mort lente...

— Dans ce cas, je vais m'appliquer, répondit Tommy.

Il réfléchit un instant, puis se mit à griffonner :

Chère Tuppence,
Peux-tu venir illico avec la lettre bleue ? Nous voudrions la déchiffrer ici, tout de suite.

En hâte,
Francis

Son épître terminée, il la lui tendit :

— Qu'en pensez-vous ?

Le faux inspecteur leva les sourcils :

— Francis ? C'est comme ça qu'elle vous appelle ?

— N'ayant pas assisté à mon baptême, il vous est difficile de savoir si c'est bien là le nom qu'on m'a donné. Mais le porte-cigarettes que vous avez pris dans ma poche est une preuve suffisante, je pense, de ce que j'avance.

L'autre alla prendre l'objet qui se trouvait sur la table

et lut : *Pour Francis - Tuppence*. Il le reposa avec un vague sourire.

— Je suis heureux que vous vous montriez si raisonnable, dit-il. Coggins, donne ce mot à Vassili. Il est dehors, en faction. Qu'il aille le porter tout de suite.

Les vingt premières minutes s'écoulèrent lentement, les dix suivantes encore plus lentement. Dymchurch marchait de long en large, de plus en plus sombre. A un moment donné, il s'adressa à Tommy, menaçant :

— Si vous avez essayé de nous doubler...

— Si nous avions un jeu de cartes, nous pourrions faire un piquet pour passer le temps, remarqua Tommy. Les femmes ont la manie de vous faire attendre. J'espère que vous ne vous montrerez pas désagréable avec cette petite quand elle arrivera ?

— Oh, mais non ! Nous nous arrangerons pour vous envoyer au même endroit... tous les deux ensemble.

— Tu aimerais le faire, salopard ! marmonna Tommy.

Tout à coup, ils entendirent du bruit dans l'entrée. Un homme que Tommy n'avait encore jamais vu passa la tête par la porte et grommela quelque chose en russe.

— Bien, dit Dymchurch. Elle arrive. Toute seule.

Le cœur soudain serré, Tommy connut un instant d'inquiétude. Puis la voix de Tuppence lui parvint :

— Ah ! vous voilà, inspecteur Dymchurch. Je vous ai apporté la lettre. Où est Francis ?

Comme elle entrait dans le bureau, Vassili l'attrapa par derrière et lui appliqua une main sur la bouche. Dymchurch lui arracha son sac et se mit à le fouiller frénétiquement. Avec un cri de joie, il en sortit soudain une enveloppe bleue timbrée de Russie. Coggins poussa un grognement rauque.

A cet instant de victoire, l'autre porte, celle qui donnait dans le bureau de Tuppence, s'ouvrit sans bruit. « Mains en l'air ! » commanda brièvement l'inspecteur

Marriot alors qu'il pénétrait dans la pièce en compagnie de deux hommes armés jusqu'aux dents.

Ils ne rencontrèrent aucune résistance. La situation de l'adversaire était désespérée. Dymchurch avait laissé son automatique sur la table et les deux autres n'étaient pas armés.

— Joli coup de filet, remarqua l'inspecteur avec satisfaction tandis qu'il refermait la dernière paire de menottes. Et j'espère bien que cela ne s'arrêtera pas là.

Vert de rage, Dymchurch foudroyait Tuppence du regard.

— Sale petite garce ! C'est toi qui nous les as lancés au train, gronda-t-il.

— Pas seulement moi. Je reconnais que j'aurais dû tout comprendre cet après-midi, quand vous avez mentionné le chiffre 16. Mais en fait, c'est le message de Tommy qui m'a mise sur la piste. J'ai tout de suite appelé l'inspecteur Marriot, Albert est allé lui porter un double de la clef du bureau, et je suis venue moi-même avec l'enveloppe bleue dans mon sac. Une enveloppe vide car, selon les instructions, j'avais fait suivre la lettre aussitôt après vous avoir quittés tous les deux.

Un mot surtout avait frappé le faux inspecteur. Il répéta :

— *Tommy ?*

Tommy, qui venait juste d'être délivré de ses liens, s'approcha d'eux.

— Bien joué, Francis, mon frère, dit-il à Tuppence en lui prenant les deux mains. Comme je vous l'ai déjà fait remarquer, ajouta-t-il en s'adressant à Dymchurch, vous auriez vraiment intérêt à relire vos classiques...

7

IMPASSE AU ROI

Fidèle au poste, par un après-midi pluvieux, dans les bureaux de l'Agence Internationale de Détectives, Tuppence laissa négligemment tomber le *Daily Leader*.

— Tu sais à quoi je pense, Tommy ?

— Impossible, répondit son mari. Tu penses à tant de choses, et toujours en même temps !

— Je pense qu'il serait grand temps que nous nous remettions à la danse.

Tommy s'empara précipitamment du *Daily Leader*.

— Notre publicité fait très bon effet, remarqua-t-il en inclinant la tête. Les Fins Limiers de Blunt... Est-ce que tu te rends compte, Tuppence, que tu incarnes à toi seule tous ces brillants détectives ? C'est la gloire !

— Je parlais d'aller danser.

— Je ne sais pas si tu l'as déjà remarqué, mais les journaux ont quelque chose de très curieux. Prends ces trois exemplaires du *Daily Leader*, par exemple. Peux-tu me dire ce qui les distingue les uns des autres ?

Tuppence les prit en main avec un certain intérêt.

— Ce n'est pas très difficile, fit-elle d'un ton méprisant. L'un est daté d'aujourd'hui, l'autre d'hier et le troisième d'avant-hier.

— Absolument génial, mon cher Watson ! Mais je ne pensais pas à ça. Regarde le titre, le *Daily Leader*, et compare-le aux deux autres. Est-ce que tu vois une différence ?

— Non seulement je n'en vois pas, répondit Tuppence, mais je crois qu'il n'y en a pas.

Tommy soupira et joignit le bout des doigts, à la façon de Sherlock Holmes :

— Et voilà. Pourtant tu lis les journaux autant, sinon

plus que moi. Seulement moi, j'observe, et toi pas. Si tu veux bien examiner celui d'aujourd'hui, tu verras une petite tache blanche dans la barre descendante du *D* de *Daily*, et une autre dans le *L* du même mot. Dans celui d'hier, il n'y a rien dans *Daily*, mais deux taches blanches dans le *L* de *Leader*. Celui d'avant-hier a de nouveau deux taches dans le *D* de *Daily*. En fait, la tache, ou les taches, sont placées différemment chaque jour.

— Pourquoi? demanda Tuppence.

— Ça, c'est un secret journalistique.

— Ce qui signifie que tu n'en sais rien et que tu n'es pas capable de le deviner.

— Je dirai simplement que c'est une pratique commune à tous les journaux.

— Que tu es donc doué! s'écria Tuppence. Surtout pour détourner la conversation en me lançant sur de fausses pistes! Reprenons plutôt là où nous en étions!

— Et où en étions-nous?

— Au Bal des Trois Arts.

Tommy gémit.

— Non, Tuppence, je t'en supplie. Pas le Bal des Trois Arts. Je suis trop vieux pour ça, je t'assure. Beaucoup trop vieux.

— Lorsque j'étais encore une gentille petite fille, on m'a élevée dans l'idée que les hommes, et en particulier les maris, étaient des êtres débauchés, qui aimaient boire, danser et se coucher tard. Il fallait une femme extraordinairement belle et intelligente pour les retenir à la maison. Et voilà encore une de mes illusions qui s'envole! Toutes les femmes que je connais rêvent de sortir et d'aller danser, et se lamentent parce que leurs maris sont tous en pantoufles et prêts à aller se coucher à 9 heures du soir. Toi qui danses si bien, Tommy!

— N'abuse pas de la pommade, Tuppence.

— En fait, je ne pensais pas seulement au plaisir. Il y a aussi cette annonce qui m'intrigue.

Elle reprit en main le *Daily Leader* et lut tout haut :

— « J'ouvre à trois Cœurs. 24 levées. As de Pique. Impasse au Roi nécessaire. »

— Voilà une façon bien onéreuse d'apprendre à jouer au bridge, remarqua Tommy.

— Ne sois pas stupide. Cela n'a rien à voir avec le bridge. J'ai déjeuné avec une amie hier, à l'*As de Pique* justement. C'est une drôle de boîte, un endroit à la mode où il est de bon ton d'aller le soir, après le spectacle, manger des œufs au bacon ou un *welsh rarebit*. Le genre bohème, quoi. Avec plein de boxes fermés tout autour. Plutôt olé olé, à mon avis.

— Et d'après toi...

— Trois cœurs signifie le Bal des Trois Arts — qui a lieu demain soir —, 24 levées est mis là pour 24 heures, et l'as de pique pour l'*As de Pique*.

— Et pourquoi doit-on faire l'impasse au Roi ?

— C'est justement ce qu'il nous reste à découvrir.

— Je suis tout prêt à croire que tu as raison, dit Tommy, magnanime. Mais ce que je ne comprends pas, c'est pourquoi tu veux t'immiscer dans les affaires de cœur de ton prochain.

— Je ne veux pas m'immiscer. Je te propose seulement un intéressant entraînement au métier de détective. Nous avons besoin de pratique, non ?

— On ne peut pas dire que nous soyons trop bousculés en ce moment, reconnut Tommy. Mais quoi qu'il en soit, ce que tu veux, Tuppence, c'est aller danser au Bal des Trois Arts. Et c'est toi qui parles de fausses pistes !

Tuppence se mit à rire sans la moindre honte :

— Sois chic, Tommy. Essaye d'oublier que tu as déjà trente-deux ans et un poil gris dans ton sourcil gauche.

— J'ai toujours été faible avec les femmes, murmura son mari. Dois-je me rendre ridicule en me déguisant ?

— Evidemment, mais fais-moi confiance. J'ai une idée sensationnelle.

Tommy la regarda avec inquiétude. Il éprouvait une profonde méfiance pour les idées sensationnelles de Tuppence.

Le lendemain soir, quand il rentra à la maison, Tuppence se précipita à sa rencontre.

— Il est là ! dit-elle.

— Qui ça ?

— Le costume. Viens voir.

Tommy la suivit. Etalée sur le lit, il aperçut une panoplie complète de pompier, casque rutilant compris.

— Seigneur ! Je me suis engagé dans la brigade des pompiers de Wembley ?

— Tu n'y es pas. Réfléchis un peu, dit Tuppence. Sers-toi donc de tes petites cellules grises, mon ami. Fais des étincelles, Watson. Dis-toi que tu es un taureau qui a déjà passé plus de dix minutes dans l'arène...

— Attends, attends... Je commence à voir... Tout cela cache un sombre dessein. Que vas-tu porter, Tuppence ?

— Un de tes vieux complets, un feutre mou et des lunettes à monture de corne.

— Un peu simpliste, mais j'ai saisi, dit Tommy. McCarty incognito. Et moi, je suis Riordan.

— Exactement. J'ai pensé que nous devrions aussi mettre en pratique les méthodes des détectives américains. Pour une fois, je serai la vedette et tu seras mon humble assistant.

— N'oublie pas que c'est toujours grâce à une simple remarque de l'innocent Denny que McCarty trouve la bonne piste.

Tuppence se contenta d'en rire. Elle était d'excellente humeur.

La soirée fut un succès. L'assistance, la musique, les

costumes extravagants, tout conspira au plaisir du jeune couple, et Tommy oublia son rôle de mari obligé de traîner là son ennui.

A minuit moins 10, ils remontèrent en voiture pour se rendre à cet endroit fameux — ou mal famé — connu sous le nom d'*As de Pique*. Comme l'avait bien dit Tuppence, c'était une boîte d'avant-garde, à l'aspect plutôt minable, mais néanmoins remplie de gens costumés. Tommy et Tuppence s'installèrent dans un des boxes fermés qui entouraient la salle, et ils laissèrent les portes entrouvertes de manière à conserver une vue sur l'extérieur.

— Je me demande où ils sont — ceux que nous cherchons, je veux dire. Que penserais-tu de cette Colombine, là-bas, avec son Méphistophélès tout en rouge ?

— Je pencherais plutôt pour le diabolique Mandarin et sa dame, qui essaye de se faire passer pour un Cuirassé — un simple yacht de plaisance, à mon avis.

— Tu pétilles ! s'écria Tuppence. Tout ça grâce à une petite goutte d'alcool ! Et qui vient là, vêtue en Dame de Cœur ? Un déguisement très réussi.

La jeune femme en question pénétra dans le box voisin avec son cavalier, « L'Homme Habillé de Journaux » d'*Alice au Pays des Merveilles*. Ils portaient tous deux des loups, usage qui paraissait très répandu à l'*As de Pique*.

— Je suis sûre que nous nous trouvons dans l'antre du vice, remarqua Tuppence, enchantée. Bon nombre de scandales en perspective ! Ils s'en donnent tous à cœur joie.

Un cri de protestation s'échappa du box voisin, aussitôt couvert par un gros rire masculin. Tout le monde riait et chantait. Les voix féminines haut perchées s'élevaient au-dessus des tonitruants échos de leurs cavaliers.

— Et cette Bergère ? demanda Tommy. Celle qui accompagne ce drôle de Français ? Ce pourrait bien être les nôtres...

— Ça pourrait être n'importe qui, avoua Tuppence. Je ne vais pas me casser la tête pour si peu. Nous nous amusons, c'est l'essentiel.

— Je m'amuserais encore plus dans un autre costume, grommela Tommy. Ce qu'il peut tenir chaud, tu n'as pas idée !

— Courage ! Tu es très mignon.

— J'en suis fort aise. Je n'en dirai pas autant de toi. Tu es le type le plus rigolo que j'aie jamais vu.

— Tâchez d'être plus poli, Denny, mon garçon. Hep là ! L'Homme Habillé de Journaux abandonne sa dame. Où va-t-il, à ton avis ?

— Réclamer à boire, j'imagine. J'ai bien envie d'aller en faire autant.

— Ça lui en prend, du temps, observa Tuppence au bout de quatre à cinq minutes. Tommy, est-ce que tu me traiterais vraiment d'idiote si...

Elle s'interrompit, puis se leva brusquement :

— Traite-moi d'idiote si tu veux. Je vais jeter un œil à côté.

— Ecoute, Tuppence, tu ne peux pas...

— J'ai le sentiment qu'il se passe quelque chose d'anormal. J'en suis même sûre. N'essaye pas de m'arrêter.

Elle sortit vivement du box, et Tommy la suivit. Les portes du box voisin étaient fermées. Tuppence les poussa et entra, Tommy sur ses talons.

La Dame de Cœur était assise dans un coin, recroquevillée contre le mur, dans une étrange position. Elle les fixait à travers son masque, mais sans bouger. Sa robe était taillée dans un audacieux imprimé rouge et blanc, mais sur la gauche, une erreur semblait s'être glissée dans le dessin. Il y avait trop de rouge.

Tuppence poussa un cri et se précipita. Au même moment, Tommy aperçut lui aussi, juste au-dessous du cœur, le manche d'un poignard orné de pierreries. Tuppence s'agenouilla :

— Vite, Tommy. Elle vit encore. Trouve le directeur, qu'il appelle un médecin immédiatement.

— Entendu. Mais ne touche pas à la poignée de cette dague.

— Je ferai attention. Dépêche-toi !

Tommy sortit en hâte, tirant les portes derrière lui. Tuppence passa son bras autour de la jeune femme, qui esquissa un geste. Ayant compris qu'elle voulait se débarrasser de son masque, Tuppence le lui enleva avec précaution, et vit apparaître un visage aussi frais qu'une rose. Mais ses grands yeux au regard fixe exprimaient l'horreur, la souffrance et une espèce de stupéfaction hébétée.

— Pouvez-vous parler, mon petit ? lui demanda Tuppence très doucement. Pouvez-vous me dire qui a fait ça ?

La respiration haletante de la jeune femme trahissait un cœur à bout de course. Cependant, elle ne quittait pas Tuppence du regard. Enfin, elle entrouvrit les lèvres :

— C'est Bingo..., murmura-t-elle avec effort.

Ses mains se détendirent et elle parut se pelotonner dans les bras de Tuppence.

Tommy entra accompagné de deux hommes. Le plus grand s'avança avec une autorité révélant le médecin. Tuppence lui abandonna son fardeau.

— Elle est morte, j'en ai bien peur, dit-elle d'une voix entrecoupée.

Le médecin l'examina rapidement :

— Oui. Il n'y a plus rien à faire. Il vaut mieux tout laisser en l'état jusqu'à l'arrivée de la police. Que s'est-il passé ?

Tuppence le lui expliqua en hésitant, omettant les raisons pour lesquelles elle avait pénétré dans le box.

— C'est bizarre, remarqua le médecin. Vous n'avez rien entendu ?

— J'ai perçu une sorte de cri, mais comme l'homme s'est mis à rire, je n'ai pas pensé...

— Evidemment, admit le médecin. Et d'après vous, l'homme portait un masque. Pourriez-vous le reconnaître ?

— Hélas ! je ne crois pas. Et toi, Tommy ?

— Non. A part son costume...

— Avant tout, il faut identifier cette pauvre femme, dit le médecin. Après quoi, eh bien j'imagine que la police ne tardera pas à tirer les choses au clair. Cela ne doit pas être une affaire bien difficile. Ah ! Les voilà !

8

L'HOMME HABILLE DE JOURNAUX

Il était plus de 3 heures du matin quand le couple, épuisé et le cœur serré, rentra à la maison. Tuppence mit longtemps à s'endormir. Elle se tournait et se retournait dans son lit, hantée par l'image de ce visage frais comme une rose aux yeux horrifiés.

C'est à l'aube, seulement, qu'elle plongea dans le sommeil. Un sommeil profond et sans rêve après toutes ces émotions. Le jour brillait quand Tommy, déjà debout et habillé, la secoua gentiment par le bras :

— Réveille-toi, vieille branche. L'inspecteur Marriot et quelqu'un d'autre demandent à te voir.

— Quelle heure est-il ?

— Bientôt 11 heures. Je vais demander à Alice de t'apporter ton thé tout de suite.

— D'accord. Et dis à l'inspecteur Marriot que je serai à lui dans dix minutes.

Un quart d'heure plus tard, Tuppence entrait précipitamment dans le salon. L'inspecteur Marriot, qui était assis, raide et solennel, se leva pour l'accueillir :

— Bonjour, Mrs Beresford. Permettez-moi de vous présenter sir Arthur Merivale.

Tuppence serra la main à un homme grand et maigre, aux cheveux gris et aux yeux égarés.

— C'est à propos de la triste affaire d'hier au soir... Je voudrais que sir Arthur entende de votre propre bouche les paroles que cette pauvre femme a prononcées avant de mourir. J'ai beaucoup de mal à l'en convaincre.

— Je ne peux pas croire et je ne croirai jamais que Bingo Hale ait pu toucher un seul des cheveux de la tête de Vera.

L'inspecteur Marriot intervint :

— Nous avons fait quelques progrès depuis hier soir, Mrs Beresford. D'abord, nous avons réussi à identifier la victime, lady Merivale. Nous nous sommes mis aussitôt en rapport avec sir Arthur, qui a reconnu le corps... Il a été horrifié au-delà de toute expression, bien entendu. Je lui ai ensuite demandé s'il connaissait un dénommé Bingo.

— Comprenez bien, Mrs Beresford, dit sir Arthur, que le capitaine Hale — que tous ses intimes appellent Bingo — est mon ami le plus cher. Il vit pratiquement avec nous. C'est chez moi qu'on est venu l'arrêter ce matin. Je suis sûr que vous avez commis une erreur ; ce n'était pas son nom que ma femme a prononcé.

— Il n'y a aucune possibilité d'erreur, répliqua doucement Tuppence. Elle a dit « C'est Bingo... »

— Vous voyez bien, sir Arthur, dit Marriot.

Le malheureux se laissa tomber dans un fauteuil, le visage dans les mains.

— C'est incroyable ! Pourquoi aurait-il fait cela ? Oh ! je sais, inspecteur Marriot, vous pensez que Hale était l'amant de ma femme. Mais même si c'était le cas — ce que je n'envisage pas un seul instant — pourquoi la tuer ?

L'inspecteur Marriot toussota :

— Ce ne sont pas des choses agréables à dire, monsieur, mais le capitaine Hale s'est entiché dernièrement d'une Américaine — jeune personne pourvue d'une grosse fortune. Lady Merivale aurait sans doute pu empêcher son mariage, si elle l'avait voulu.

— C'est monstrueux, inspecteur ! protesta sir Arthur en bondissant avec colère.

L'inspecteur eut un geste apaisant :

— Je vous prie de m'excuser, sir Arthur. Vous dites que vous aviez décidé d'assister à cette soirée avec le capitaine Hale, que votre femme était chez des amis, et que vous ne saviez pas du tout qu'elle se trouverait là ?

— Je n'en avais pas la moindre idée.

— Montrez-lui l'annonce dont vous m'avez parlé, Mrs Beresford.

Tuppence s'exécuta :

— Cela me paraît d'une clarté aveuglante. Le capitaine Hale l'a fait passer à l'intention de votre femme. Ils étaient déjà convenus de se rencontrer là mais, la veille, vous avez décidé d'y aller aussi et il fallait la prévenir. C'est ce qui explique les mots : « Impasse au Roi nécessaire ». Vous avez choisi votre déguisement à la dernière minute, chez un loueur de costumes, alors que celui du capitaine Hale avait été commandé spécialement : l'Homme Habillé de Journaux. Et savez-vous, sir Arthur, ce que nous avons trouvé serré dans la main de la morte ? Un fragment de journal. J'ai donné l'ordre à mes hommes d'aller prendre chez vous le costume du capitaine Hale et de me l'apporter au Yard. Si j'y trouve une déchirure correspondant au morceau que nous avons trouvé, ma foi, l'affaire sera réglée.

— Vous ne la trouverez pas, dit sir Arthur. Je connais Bingo Hale.

Là-dessus, ils prirent congé de Tuppence en s'excusant de l'avoir dérangée.

Tard dans la soirée du même jour, on sonna à la porte du jeune couple, qui vit avec étonnement réapparaître l'inspecteur Marriot.

— J'ai pensé que les Fins Limiers de Blunt seraient heureux d'apprendre où nous en sommes, dit-il en esquissant un sourire.

— Très heureux, répondit Tommy. Vous voulez boire un verre ?

Il plaça les éléments adéquats à portée de l'inspecteur Marriot.

— L'affaire est claire, entama celui-ci au bout de deux minutes. Le poignard appartenait à la jeune femme. Il s'agissait bien évidemment de faire passer sa mort pour un suicide. Mais, grâce à votre présence sur les lieux, le plan a échoué. Nous avons découvert une grande quantité de lettres... ils entretenaient une liaison depuis longtemps, à l'insu de sir Arthur. Et puis nous avons trouvé le dernier maillon...

— Le dernier quoi ? s'enquit Tuppence.

— Le dernier maillon de la chaîne : un fragment du *Daily Leader*. Arraché à son costume. Qui s'adapte parfaitement. Oh oui ! L'affaire est on ne peut plus claire. D'ailleurs, je vous ai apporté la photographie des deux pièces à conviction. J'ai pensé que cela vous intéresserait. Nous nous trouvons rarement devant une affaire aussi claire.

— Tommy, dit Tuppence quand son mari revint après avoir raccompagné l'homme de Scotland Yard à la porte, à ton avis, pourquoi l'inspecteur Marriot ne cesse-t-il de répéter que l'affaire est parfaitement claire?

— Je n'en sais rien. Autosatisfaction, sans doute.

— Pas le moins du monde ! Il essaye de nous agacer. Les bouchers, par exemple, tu es bien d'accord pour dire qu'ils s'y connaissent en viande, non?

— En effet, mais que diable...

— De même, les maraîchers s'y connaissent en légumes et les poissonniers en poisson. Donc les détectives, les détectives professionnels, ne doivent rien ignorer des criminels. Ils savent les reconnaître, ils savent les distinguer de ceux qui n'en sont pas. Par expérience, Marriot sait que le capitaine Hale n'est pas un criminel, mais les faits sont ligués contre lui. En dernier recours, il essaye de nous pousser à réfléchir, dans l'espoir qu'un petit détail nous reviendra — quelque chose qui se serait passé hier soir et qui jetterait une lumière nouvelle sur les événements. Tommy, après tout, pourquoi ne s'agirait-il pas d'un suicide?

— Rappelle-toi ce qu'elle t'a dit.

— Je sais, mais on peut le comprendre autrement: « C'est Bingo... » qui, par sa conduite, l'a poussée à se suicider. Ce n'est pas impossible.

— Non. Mais cela n'explique pas le fragment de journal.

— Montre-moi les photographies que Marriot a apportées. J'ai oublié de lui demander quelle était la version de Hale.

— C'est ce que je viens de faire en le raccompagnant. Il prétend n'avoir pas adressé la parole à lady Merivale. Quelqu'un lui aurait glissé un petit mot dans la main : « N'essaye pas de me parler ce soir. Arthur a des soupçons. » Mais cette explication ne tient guère debout, d'autant qu'il est incapable de produire ce papier. De toute façon, nous *savons* toi et moi qu'il se trouvait avec elle à l'*As de Pique* pour la bonne raison que nous les y avons vus ensemble.

Tuppence hocha la tête et s'absorba dans l'examen des deux photographies. L'une représentait un bout de journal où l'on pouvait lire *DAILY LE*... le reste étant déchiré. L'autre représentait la première page du *Daily Leader* avec un petit trou rond dans le titre. Aucun doute n'était permis : les deux s'adaptaient parfaitement.

— Qu'est-ce que c'est que ces marques sur le côté ? demanda Tommy.

— Des trous d'aiguille, répondit Tuppence. Aux endroits où cette feuille était cousue à d'autres.

— Je pensais qu'il pouvait s'agir d'une autre combinaison de taches... Ma parole, Tuppence, dit-il avec un léger frisson, quand je pense que nous étions tranquillement en train de discuter de taches et de nous amuser à décrypter cette annonce... cela donne la chair de poule.

Tuppence ne répondit pas. Tommy lui jeta un coup d'œil et fut surpris de voir qu'elle regardait droit devant elle, la bouche entrouverte, l'air abasourdi.

— Tuppence, qu'est-ce qui t'arrive ? demanda Tommy en lui secouant gentiment le bras. Tu as une attaque ?

Mais Tuppence demeura immobile, puis dit, d'une voix lointaine :

— Denis Riordan.

— Hein ? fit Tommy, l'œil fixe.

— C'est exactement ce que tu disais. Une simple et innocente remarque ! Trouve-moi tous les *Daily Leader* de cette semaine.

— Qu'est-ce que tu as en tête ?

— Je suis McCarty. J'ai longtemps tourné autour et enfin, grâce à toi, il m'est venu une idée. Voilà la page de titre du journal de mardi. Il me semble me rappeler que c'est celui qui avait deux taches sur le *L* de *Leader*. Celui-là a une tache sur le *D* de *Daily* et une autre aussi sur le *L*. Trouve-moi ces journaux pour que je m'en assure.

Ils les comparèrent fébrilement. Tuppence ne s'était pas trompée.

— Tu vois? Ce fragment ne vient pas du journal de mardi.

— Mais, Tuppence, on ne peut pas en être sûr. Il a pu y avoir différentes éditions.

— Peut-être, mais au moins cela m'a donné une idée. Une chose est certaine: cela ne peut pas être une coïncidence. Si j'ai raison, cela ne peut avoir qu'une signification. Téléphone à sir Arthur, Tommy. Demande-lui de venir ici tout de suite. Dis-lui que j'ai d'importantes nouvelles à lui transmettre. Après ça, tâche de mettre la main sur Marriot. S'il est rentré chez lui, Scotland Yard te donnera son adresse.

Très intrigué par cette convocation, sir Arthur Merivale arriva une demi-heure plus tard. Tuppence se précipita:

— Je vous dois des excuses pour vous avoir fait venir de façon aussi cavalière, mais nous avons découvert quelque chose, mon mari et moi, que nous avons cru devoir porter tout de suite à votre connaissance. Asseyez-vous.

Sir Arthur obéit et Tuppence poursuivit:

— Vous êtes, je le sais, très anxieux de laver votre ami de tout soupçon.

Sir Arthur secoua la tête avec tristesse:

— Je l'étais, mais même moi, j'ai dû me rendre à l'évidence.

— Que diriez-vous si je vous apprenais que le hasard a placé entre mes mains une pièce à conviction de nature à prouver son innocence?

— J'en serais absolument enchanté, Mrs Beresford.

— Imaginons, continua Tuppence, que j'aie rencontré une fille qui dansait justement avec le capitaine Hale hier soir à minuit, heure à laquelle il est censé s'être trouvé à l'*As de Pique*?

— C'est merveilleux! s'écria sir Arthur. Je savais bien qu'il devait y avoir une erreur. La pauvre Vera s'est peut-être suicidée, après tout.

— Ça m'étonnerait, répliqua Tuppence. Vous oubliez l'autre homme.

— Quel autre homme?

— Celui que nous avons vu quitter le box, mon mari et moi. Voyez-vous, sir Arthur, il devait y avoir quelqu'un d'autre habillé de journaux à ce bal. Au fait, et vous, en quoi étiez-vous déguisé?

— Moi? En bourreau du XVIIᵉ siècle.

— Comme ça tombe bien! remarqua doucement Tuppence.

— Ça tombe bien? Qu'entendez-vous par là, Mrs Beresford?

— Ça tombe bien pour le rôle que vous aviez à jouer. Dois-je vous faire part de mon point de vue sur le sujet, sir Arthur? L'habit de journaux s'endosse facilement sur celui d'un bourreau. D'abord, on glisse un petit mot dans la main du capitaine Hale pour lui demander de ne pas parler à une certaine dame. La dame elle-même ignore tout de ce message. Elle se rend à l'*As de Pique* à l'heure prévue et voit en effet celui qu'elle s'attendait à voir. Ils entrent ensemble dans le box. Il la prend dans ses bras, je pense. Et tandis qu'il l'embrasse — c'est le baiser de Judas —, il la frappe avec son poignard. Elle pousse un petit cri, qu'il couvre aussitôt de son rire. Puis il s'en va et elle meurt stupéfaite, horrifiée, à l'idée que son amant l'a tuée.

» Mais elle a arraché un petit bout du costume de son meurtrier. Celui-ci s'en aperçoit car c'est un homme soigneux du moindre détail. Pour que sa victime soit clairement désignée, il faut que ce fragment paraisse avoir été détaché du costume du capitaine Hale.

Entreprise qui aurait présenté les plus grandes difficultés si les deux hommes n'avaient pas habité sous le même toit. Mais dans ces conditions, rien n'est plus simple : il fait une exacte réplique de la déchirure de son costume dans celui du capitaine Hale, brûle le sien et s'apprête à jouer le rôle de l'ami fidèle.

Tuppence s'arrêta :

— Eh bien, sir Arthur ?

Celui-ci se leva et s'inclina devant elle :

— Je rends hommage à l'imagination fertile d'une charmante jeune femme trop friande de romans.

— Vraiment ? demanda Tommy.

— Et au mari qui se laisse influencer par sa femme. Je vois mal qui pourrait prendre tout cela au sérieux, ajouta-t-il en éclatant de rire.

Tuppence se raidit dans son fauteuil.

— Je reconnaîtrais ce rire n'importe où, dit-elle. La première fois que je l'ai entendu, c'était à l'*As de Pique*. Et il semble qu'il y ait un léger malentendu en ce qui nous concerne, mon mari et moi. Beresford est bien notre nom, mais nous en avons un autre.

Elle lui tendit une carte qu'elle avait prise sur la table. Sir Arthur lut tout haut : « Agence Internationale de Détectives... » et faillit s'étrangler :

— Voilà ce que vous êtes, en réalité ! Voilà pourquoi Marriot m'a amené ici ce matin ! C'était un piège...

Il se dirigea vers la fenêtre :

— Vous avez une très belle vue sur Londres...

— Inspecteur Marriot ! s'écria brusquement Tommy.

Vif comme l'éclair, l'inspecteur apparut, sortant de la pièce voisine.

Sir Arthur eut un petit sourire ironique :

— C'est bien ce que je pensais. Mais vous ne m'aurez pas cette fois-ci, inspecteur. Je préfère choisir moi-même ma porte de sortie.

Et, prenant appui sur le rebord, il sauta par la fenêtre.

Tuppence poussa un cri et se boucha les oreilles pour ne pas entendre l'horrible bruit sourd qu'elle imaginait déjà. L'inspecteur Marriot laissa échapper un juron.

— Nous aurions dû penser à la fenêtre, remarqua-t-il. Entre nous soit dit, sa culpabilité aurait été bien difficile à prouver. Bon, je vais descendre pour... pour m'occuper de tout.

— Le pauvre diable, murmura Tommy. S'il aimait sa femme...

L'inspecteur l'interrompit d'un ricanement :

— L'aimer ? Lui ? Peut-être... En fait, il ne savait plus à quel saint se vouer pour trouver de l'argent. Lady Merivale avait une grosse fortune personnelle qui devait lui revenir. Mais si elle s'était enfuie avec le jeune Hale, il n'en aurait jamais vu un centime.

— C'est donc ça le fin mot de l'histoire ?

— Bien sûr. J'ai compris dès le début que sir Arthur était un gibier de potence, et le capitaine Hale innocent. On sait très bien séparer le bon grain de l'ivraie, au Yard, mais c'est très gênant d'avoir tous les faits contre soi. Bon, je vais descendre. A votre place, Mr Beresford, je servirais un verre de cognac à ma femme. Tous ces événements l'ont plutôt bouleversée.

— Maraîchers. Bouchers. Poissonniers. Détectives, dit Tuppence à voix basse quand la porte se fut refermée sur l'imperturbable inspecteur Marriot. J'avais raison, non ? Il savait...

Tommy, qui s'affairait près du buffet, s'approcha d'elle avec un grand verre.

— Tiens. Bois ça.

— Qu'est-ce que c'est ? Du cognac ?

— Non, un bon cocktail, pour célébrer le triomphe de McCarty. Eh oui, Marriot a vu juste. C'est ainsi que cela s'est passé : une impasse hardie pour remporter la belle.

Tuppence hocha la tête :

— Mais il a tenté l'impasse de travers.

— Et c'est ainsi que le Roi quitte la scène, dit Tommy.

9

L'AFFAIRE DE LA FEMME DISPARUE

La sonnette retentit sur le bureau de Mr Blunt (Agence Internationale de Détectives — Directeur : Theodore Blunt). Tommy et Tuppence se précipitèrent chacun sur l'ouverture qui leur permettait d'avoir vue sur l'anti-chambre. C'était là qu'officiait Albert, chargé de retenir les clients éventuels au moyen d'artifices variés.

— Je vais voir, monsieur, disait-il. Mais je crains fort que Mr Blunt ne soit pour l'instant très occupé. Il est en communication téléphonique avec Scotland Yard.

— J'attendrai, répondit le visiteur. Je n'ai pas de carte sur moi, mais je m'appelle Gabriel Stavansson.

Le client était un magnifique spécimen mâle de plus d'un mètre quatre-vingt-quinze. Ses extraordinaires yeux bleus contrastaient de façon frappante avec sa peau bronzée et tannée par la vie au grand air.

Tommy prit une décision rapide. Il mit son chapeau, attrapa ses gants, ouvrit la porte et s'arrêta sur le seuil.

— Ce monsieur désire vous voir, Mr Blunt, dit Albert.

Tommy fronça les sourcils et sortit sa montre.

— On m'attend chez le duc à 11 heures moins le quart, répondit-il en posant sur le visiteur un regard pénétrant. Je peux vous accorder quelques minutes, si vous voulez bien venir avec moi.

Docilement, celui-ci le suivit dans le bureau où Tuppence se tenait modestement assise, carnet et crayon en main.

— Miss Robinson, ma secrétaire particulière, dit Tommy. Peut-être pourriez-vous maintenant m'exposer votre affaire ? Mis à part le fait qu'elle a un caractère d'urgence, que vous êtes venu en taxi et que vous avez récemment séjourné en Arctique — ou à la rigueur en Antarctique, je ne sais absolument rien.

Le visiteur le regarda, stupéfait.

— C'est extraordinaire ! s'écria-t-il. Pour moi, ce genre de détective n'existait que dans les romans ! Votre employé ne vous a même pas donné mon nom !

Tommy soupira humblement :

— Bah ! Tout cela était très facile. Dans le cercle Arctique, les rayons du soleil de minuit exercent une étrange action sur la peau. Les rayons actiniques ont des propriétés tout à fait particulières. Je vais bientôt écrire une petite monographie sur le sujet. Mais tout cela nous entraîne bien loin de votre problème. Qu'est-ce qui vous afflige au point de vous adresser à moi ?

— Pour commencer, Mr Blunt, je m'appelle Gabriel Stavansson.

— Ah ! bien sûr, dit Tommy. Le célèbre explorateur. Vous venez de rentrer du pôle Nord, je crois ?

— J'ai débarqué en Angleterre il y a trois jours. Un ami, qui faisait une croisière dans les mers du Nord, m'a ramené sur son yacht. Sinon, je n'aurais pas pu rentrer avant une quinzaine. Maintenant, il faut que je vous dise, Mr Blunt, qu'il y a deux ans, avant de partir pour cette dernière expédition, j'ai eu le grand bonheur de me fiancer à Mrs Maurice Leigh Gordon.

Tommy l'interrompit :

— Mrs Leigh Gordon, qui s'appelait avant son mariage...

— L'Honorable Hermione Crane, seconde fille de lord Lanchester, débita Tuppence d'un trait.

Tommy lui jeta un regard plein d'admiration.

— Son premier mari a été tué à la guerre, ajouta Tuppence.

Gabriel Stavansson acquiesça d'un signe de tête :

— C'est exact. Comme je vous le disais, Hermione et moi sommes fiancés. Bien entendu, je lui ai proposé de renoncer à cette expédition, mais elle n'a rien voulu entendre. Que Dieu la bénisse ! Elle est faite pour être l'épouse d'un explorateur. Dès que j'ai débarqué, donc, ma première pensée a été pour elle. Je lui ai envoyé un télégramme de Southampton et je me suis précipité à Londres par le premier train. Je savais qu'elle vivait actuellement dans Pont Street, chez une de ses vieilles tantes, lady Susan Clonray. J'y suis allé directement mais, à ma grande déception, Hermy était partie chez des amis, dans le Northumberland. Comme je vous l'ai dit, on ne m'attendait pas avant quinze jours mais, la première surprise passée, lady Susan s'est montrée très aimable. D'après elle, Hermy devait rentrer d'ici quelques jours. Je lui ai alors demandé son adresse, mais elle m'a répondu en bafouillant que Hermy devait aller dans plusieurs endroits et qu'elle ne connaissait pas l'ordre de ses visites. Il faut vous dire, Mr Blunt, que nous ne nous sommes jamais très bien entendus, lady Susan et moi. Elle est grosse, elle a un double menton. J'abomine les grosses. Les grosses femmes et les gros chiens sont une offense à Dieu, et les deux vont hélas souvent de pair. Je sais bien que c'est une phobie de ma part, mais c'est comme ça, je n'ai jamais pu m'entendre avec une femme grosse.

— La mode vous donne raison, Mr Stavansson,

répliqua Tommy. Et puis, chacun a ses petites aversions — feu lord Roberts avait horreur des chats.

— Attention, je ne prétends pas que lady Susan ne soit pas tout à fait charmante. Elle l'est peut-être, mais pas pour moi. Au fond de moi-même, j'ai toujours senti qu'elle désapprouvait nos fiançailles, et je suis convaincu que, si elle le pouvait, elle jouerait de son influence sur Hermy contre moi. Mettez cela sur le compte de mes préventions, si vous voulez, je vous le donne pour ce que ça vaut. Enfin, pour en revenir à mon histoire, comme je suis une espèce de brute obstinée, je n'ai pas quitté Pont Street sans avoir tiré de lady Susan les noms et adresses des gens chez qui Hermy était censée séjourner. Après quoi, j'ai pris le train postal pour le Northumberland.

— Je vois que vous êtes un homme d'action, Mr Stavansson, dit Tommy en souriant.

— Mais le ciel m'est tombé sur la tête, Mr Blunt : personne n'avait reçu la visite de Hermy. Des trois familles dont j'avais l'adresse, une seule l'attendait effectivement — lady Susan avait dû se tromper pour les deux autres — mais Hermy s'était décommandée au dernier moment, par télégramme. Je suis retourné à Londres à toute vitesse, bien sûr, et j'ai filé tout droit chez lady Susan. Ce que je lui ai dit l'a beaucoup inquiétée, il faut lui rendre cette justice. Elle a reconnu qu'elle n'avait pas la moindre idée de l'endroit où Hermy pouvait se trouver. Mais elle s'est également opposée à toute intervention de la police. Elle m'a fait remarquer que Hermy n'était pas une jeune écervelée, mais une femme indépendante, habituée à gérer sa propre existence. Elle devait probablement mettre un de ses projets à exécution.

» Que Hermy ne donne pas un compte rendu précis de tous ses faits et gestes à lady Susan me parut tout à fait vraisemblable. Néanmoins, j'étais inquiet, en proie à ce sentiment étrange que l'on éprouve devant quelque chose d'anormal. J'allais partir quand on apporta un télégramme. Lady Susan le lut et me le tendit avec une expression de soulagement. Il était libellé ainsi : « Changement de programme. Vais à Monte-Carlo pour une semaine. Hermy. »

— Ce télégramme, vous l'avez ? demanda Tommy.

— Non, je ne l'ai pas. Mais il avait été émis à Maldon, Surrey. Sur le moment, cela m'a paru étrange. Qu'est-ce que Hermy pouvait bien faire à Maldon où, que je sache, elle ne connaît personne ?

— Vous ne vous êtes pas précipité à Monte-Carlo comme vous vous étiez précipité dans le Northumberland ?

— J'y ai pensé, bien sûr, mais non. Comprenez-vous, Mr Blunt, je n'étais pas aussi satisfait que lady Susan par ce télégramme. Je trouvais bizarre qu'elle n'envoie jamais que des télégrammes. Quelques lignes de sa propre main auraient apaisé toutes mes craintes. N'importe qui peut signer un télégramme « Hermy ». Plus j'y pensais, plus je me sentais mal à l'aise. J'ai fini par aller à Maldon, hier après-midi. C'est une ville assez importante, bien desservie, avec deux hôtels. J'ai enquêté partout sans trouver le moindre signe de la présence de Hermy. J'ai lu votre annonce dans le train, en rentrant, et j'ai décidé de m'adresser à vous. Si Hermy est vraiment partie pour Monte-Carlo, je ne veux pas créer un scandale en lançant la police à ses trousses. Mais je ne veux pas non plus courir partout pour rien. Je préfère rester à Londres au cas... au cas où quelque chose de louche se tramerait.

Tommy hocha la tête, pensif :

— Que craignez-vous exactement ?

— Je n'en sais rien. Mais je sens qu'il se passe quelque chose d'anormal.

Il sortit de sa poche une photographie.

— C'est Hermione. Je vous la confie.

La photographie représentait une femme grande et svelte, plus de la première jeunesse, mais dont le sourire était franc et plein de charme, et les yeux magnifiques.

— Il n'y a rien que vous ayez oublié de me dire, Mr Stavansson? demanda Tommy.

— Non, vraiment.

— Un détail, aussi insignifiant soit-il?

— Je ne pense pas.

Tommy soupira :

— Cela ne fait que rendre les choses plus difficiles. Si vous avez lu des romans policiers, Mr Stavansson, vous avez certainement remarqué que le grand détective a toujours besoin d'un petit détail pour le lancer sur la piste. Cependant, cette affaire présente des caractéristiques tout à fait singulières. Je pense l'avoir déjà pratiquement résolue. L'avenir nous le confirmera.

Il prit le violon qui se trouvait sur la table et donna deux ou trois coups d'archet. Tuppence serra les dents, et même l'explorateur blêmit. L'interprète remit l'instrument à sa place.

— Quelques accords de Mosgovskensky, murmura-t-il. Laissez-moi votre adresse, Mr Stavansson, et je vous tiendrai au courant de nos progrès.

Le visiteur parti, Tuppence s'empara du violon et l'enferma à clef dans le placard.

— Si tu dois te prendre pour Sherlock Holmes, lui dit-elle, je vais te dénicher une jolie petite seringue et une bouteille étiquetée « Cocaïne », mais pour l'amour du ciel ne touche plus à ce violon. Si ce gentil explorateur n'avait pas une âme d'enfant, il t'aurait percé à jour. Tu as l'intention de poursuivre dans le ton Sherlock Holmes?

— Jusqu'à présent, je me flatte d'avoir plutôt bien réussi, déclara Tommy non sans suffisance. Mes déductions étaient bonnes, non? Pour le taxi, j'ai pris un risque. Mais après tout, c'est la seule manière sensée de parvenir jusqu'ici.

— Je venais justement de lire une notice sur ses fiançailles dans le *Daily Mirror* de ce matin, remarqua Tuppence. Une chance, non ?

— En effet, cela donnait une excellente idée de l'efficacité des Fins Limiers de Blunt. Décidément, il s'agit bien d'une affaire à la Sherlock Holmes. Même toi, tu n'as pas pu ne pas remarquer les ressemblances qu'elle offre avec la disparition de lady Frances Carfax.

— Tu t'attends à retrouver le corps de Mrs Leigh Gordon dans un cercueil ?

— Logiquement, l'histoire devrait se répéter. En fait... ma foi, et toi, qu'en penses-tu ?

— L'explication la plus logique, c'est que pour une raison quelconque Hermy, comme il l'appelle, a peur de rencontrer son fiancé, et que lady Susan la couvre. Pour parler crûment, elle a fait une bêtise, et elle a la frousse.

— C'est également mon avis, reconnut Tommy. Mais avant de soumettre cette hypothèse à un homme comme Stavansson, il vaudrait mieux s'en assurer. Si on allait faire un tour à Maldon, vieille branche ? Rien ne nous empêche d'emporter quelques clubs de golf.

Tuppence ayant donné son accord, l'Agence Internationale de Détectives fut laissée aux bons soins d'Albert.

Pour un lieu résidentiel connu, Maldon est fort peu étendu. Cependant Tommy et Tuppence firent chou blanc, après avoir épuisé toutes les possibilités imaginables d'obtenir des renseignements. Mais sur le chemin du retour, Tuppence eut une brillante idée.

— Tommy, pourquoi avait-on mis Maldon, Surrey, sur le télégramme ?

— Parce que Maldon est dans le Surrey, idiote.

— Idiot toi-même, ce n'est pas ce que je voulais dire.

Si tu reçois un télégramme de Hastings, par exemple, ou de Torquay, il ne comporte pas le nom du comté. Mais pour Richmond, on écrit « Richmond, Surrey ». Tout simplement parce qu'il existe deux Richmond.

Tommy, qui conduisait, ralentit.

— Tuppence, dit-il affectueusement, ton idée n'est pas si mauvaise. Allons nous renseigner à la poste.

Ils s'arrêtèrent devant une petite bâtisse, au milieu d'un village. Quelques minutes leur suffirent pour apprendre qu'il existait bien deux Maldon : Maldon, Surrey et Maldon, Sussex. Ce dernier n'était qu'un hameau, mais doté d'un bureau du télégraphe.

— Et voilà ! dit Tuppence, surexcitée. Comme Stavansson savait que Maldon était dans le Surrey, il a à peine regardé le mot, commençant par un S, qui suivait Maldon.

— Demain, nous irons jeter un coup d'œil à Maldon, Sussex, dit Tommy.

Maldon, Sussex, était bien différent de son homonyme du Surrey. Situé à six kilomètres de la gare, on y trouvait deux pubs, deux petites boutiques, un bureau de poste et télégraphe où l'on vendait également des bonbons et des cartes postales, et environ sept cottages. Tuppence se chargea des boutiques tandis que Tommy se rendait au *Cock and Sparrow*. Ils se retrouvèrent une demi-heure plus tard.

— Eh bien ? demanda Tuppence.

— La bière est bonne, répondit Tommy, mais ça manque d'informations.

— Essaye le *King's Head*, et moi je retourne à la poste. Elle est tenue par une vieille bonne femme rébarbative, mais on vient de l'appeler pour déjeuner.

Elle y retourna et se mit à examiner les cartes postales. Une jeune fille au teint frais sortit en mâchonnant de l'arrière-boutique.

— Je voudrais celles-ci, dit Tuppence. Cela ne vous

ennuie pas d'attendre que je jette encore un coup d'œil à ces cartes humoristiques ?

Tout en parlant, elle avait commencé à en feuilleter un paquet.

— Je suis si déçue que vous n'ayez pu me donner l'adresse de ma sœur. Elle habite près d'ici, mais j'ai perdu sa lettre. Elle s'appelle Leigh Wood.

La jeune fille secoua la tête :

— Ça ne me rappelle rien. Si j'avais vu son nom sur une lettre, je m'en souviendrais. On n'en reçoit pas beaucoup. A part La Grange, il n'y a pas de grandes maisons par ici.

— La Grange ? demanda Tuppence. Qu'est-ce que c'est ? A qui appartient-elle ?

— Au Dr Horriston. C'est devenu une maison de santé. Surtout pour les maladies des nerfs, je crois. Pour des dames qui viennent faire des cures de repos, enfin des trucs de ce genre. Ma foi, c'est plutôt tranquille ici, pour sûr, ajouta-t-elle en pouffant.

Tuppence se dépêcha de choisir quelques cartes et de les payer.

— Tiens, voilà justement la voiture du Dr Horriston ! s'exclama la jeune fille.

Tuppence se précipita à la porte. Au volant d'une décapotable à deux places, elle aperçut un grand homme brun à la barbe noire bien taillée, au visage énergique et à l'expression déplaisante. La voiture continuait son chemin vers le bout de la rue quand Tommy arriva.

— Tommy, je crois que je tiens quelque chose : la maison de repos du Dr Horriston.

— J'en ai entendu parler au *King's Head* et j'ai pensé aussi que c'était une possibilité. Mais si Hermione souffrait d'une quelconque dépression nerveuse, sa tante et ses amis l'auraient su, non ?

— Euh... oui. Mais je ne pensais pas à ça. Dis-moi, Tommy, tu as vu l'homme qui était dans la voiture ?

— Une espèce de brute déplaisante, oui.

— C'était le Dr Horriston.

Tommy émit un petit sifflement :

— Ce bonhomme a l'air louche. Qu'est-ce que tu penserais d'aller faire un petit tour à La Grange, Tuppence ?

Ils finirent par dénicher l'endroit, une grosse maison biscornue dans un parc désolé avec un ruisseau courant derrière.

— Séjour plutôt lugubre, dit Tommy. Ça me donne la chair de poule. Tu sais, Tuppence, je me demande si cette histoire n'est pas beaucoup plus sérieuse que nous ne le pensions.

— Oh, ne dis pas ça ! Cette femme court un terrible danger, je le sens au plus profond de moi.

— Ne laisse pas trop galoper ton imagination.

— Je ne peux pas m'en empêcher. Ce type ne m'inspire pas confiance. Et maintenant, qu'allons-nous faire ? Si j'allais d'abord toute seule sonner à la porte ? Ce ne serait peut-être pas une mauvaise idée. Je demanderai courageusement Mrs Leigh Gordon, histoire de voir ce qu'on me répondra. Après tout, c'est peut-être parfaitement normal et au-dessus de tout soupçon.

Tuppence mit son plan à exécution. Un domestique au visage impassible lui ouvrit presque aussitôt.

— Je voudrais rendre visite à Mrs Leigh Gordon, si elle est en état de me recevoir.

Tuppence eut l'impression de le voir ciller, mais il n'en répondit pas moins sans hésiter :

— Nous n'avons personne de ce nom ici, madame.

— Oh ! ce n'est pas possible. Je suis bien chez le Dr Horriston, à La Grange ?

— Oui, madame, mais il n'y a personne ici du nom de Leigh Gordon.

Déconcertée, Tuppence dut battre en retraite et tint de nouveau conseil avec Tommy, devant la grille.

— Il disait peut-être la vérité. Après tout, nous n'en savons rien.

— Non, il mentait, j'en suis sûre.

— Attendons le retour du médecin, proposa Tommy. Je me ferai passer pour un journaliste désireux de s'entretenir avec lui de ses nouvelles méthodes de cures de repos. Cela me donnera l'occasion d'entrer et d'étudier la géographie des lieux.

Le médecin arriva environ une demi-heure plus tard. Tommy lui laissa cinq minutes d'avance et, à son tour, alla sonner à la porte d'entrée. Mais il revint, lui aussi, déconfit.

— Le médecin est occupé et ne peut pas être dérangé. De toute façon, il ne reçoit jamais les journalistes. Tu as raison, Tuppence, cet endroit est très louche. Il est merveilleusement bien situé, à des kilomètres de tout. Il pourrait se passer n'importe quoi ici sans que personne ne le sache jamais.

— Viens, dit Tuppence avec détermination.

— Qu'est-ce que tu as l'intention de faire ?

— Je vais grimper par-dessus le mur et essayer d'atteindre la maison sans me faire voir.

— D'accord. J'en suis.

Le jardin, mal entretenu, offrait une multitude d'abris. Tommy et Tuppence parvinrent derrière la maison sans encombre. Quelques marches croulantes menaient à une grande terrasse sur laquelle s'ouvraient des portes-fenêtres, mais ils n'osaient pas se mettre à découvert, et les fenêtres sous lesquelles ils étaient accroupis étaient trop hautes pour leur permettre de jeter un coup d'œil à l'intérieur. Leur opération de reconnaissance paraissait vouée à l'échec quand, tout à coup, Tuppence resserra son étreinte sur le bras de Tommy.

Ils se trouvaient sous une fenêtre ouverte et on parlait

dans la pièce. Des fragments de conversation leur parvenaient clairement.

— Entrez et fermez la porte, fit une voix d'homme irritée. Vous dites qu'une femme est venue il y a environ une heure et qu'elle a demandé à voir Mrs Leigh Gordon ?

— Oui, monsieur, répondit un autre homme, dont, Tuppence reconnut la voix comme étant celle du domestique impassible.

— Bien entendu, vous avez dit qu'elle n'était pas là ?

— Bien entendu, monsieur.

— Et maintenant ce journaliste..., fulmina l'autre.

Il s'approcha soudain de la fenêtre, souleva le châssis et dehors, à l'abri d'un buisson, Tommy et Tuppence reconnurent le Dr Horriston.

— C'est la femme qui m'ennuie le plus, continua le médecin. A quoi ressemblait-elle ?

— Jeune, belle et très élégante, monsieur.

Tommy donna un petit coup de coude à Tuppence.

— C'est bien ce que je craignais, grogna le médecin entre ses dents. Une amie de cette Leigh Gordon, sans doute. Cela se complique. Il va falloir que je prenne des mesures...

Il n'acheva pas sa phrase. Tommy et Tuppence entendirent un bruit de porte. Puis ce fut le silence.

Précautionneusement, Tommy prit la tête de la retraite. Une fois hors de portée de voix de la maison, il s'arrêta et déclara :

— Tuppence, ma vieille, ça se gâte. Il se prépare un mauvais coup. Je pense que nous devrions rentrer en ville tout de suite et prévenir Stavansson.

Tuppence secoua la tête :

— Nous devons rester. Tu ne l'as pas entendu dire qu'il allait prendre des mesures ? Ça peut signifier n'importe quoi.

— Le pire, c'est que nous n'avons rien de concret qui justifie de faire appel à la police.

— Ecoute, Tommy, si tu allais téléphoner à Stavansson du village ? Je resterai ici en t'attendant.

— C'est peut-être ce que nous avons de mieux à faire, en effet. Mais dis-moi... Tuppence...

— Oui ?

— Prends garde à toi, hein ?

— Bien sûr, espèce d'idiot. Allez, file !

Tommy mit presque deux heures à revenir. Tuppence l'attendait près de la grille.

— Alors ?

— Je ne suis pas arrivé à joindre Stavansson. J'ai essayé lady Susan : elle était sortie, elle aussi. Ensuite, j'ai eu l'idée d'appeler le vieux Dr Brady. Je lui ai demandé de chercher Horriston dans l'Annuaire Médical — ou Dieu sait comment on appelle ça.

— Et alors, qu'est-ce qu'il a trouvé ?

— Le nom lui a tout de suite dit quelque chose. Il paraît que Horriston a été un véritable médecin, autrefois, mais un jour il a fait un faux pas. Brady le tient pour un charlatan sans scrupules et il prétend que rien ne l'étonnerait de sa part. Maintenant, la question est la suivante : qu'allons-nous faire ?

— Nous devons rester ici, répliqua Tuppence sans hésiter. J'ai l'impression qu'il va se passer quelque chose ce soir. A propos, Tommy, un jardinier a taillé le lierre autour de la maison, et *j'ai vu où il a rangé l'échelle.*

— Bravo, Tuppence. Donc ce soir...

— ... dès qu'il fera nuit...

— ... nous verrons...

— ... ce que nous verrons.

Tommy resta à surveiller la maison à son tour tandis que Tuppence allait se restaurer au village.

A son retour, ils continuèrent le guet ensemble. A 9 heures, ils décidèrent qu'il faisait assez sombre pour commencer les opérations. Ils pouvaient circuler autour de la maison en toute liberté, maintenant. Mais soudain, Tuppence agrippa le bras de Tommy :

— Ecoute...

Le son qu'elle avait entendu se répéta. Un gémissement de femme, porté par l'air de la nuit. Tuppence désigna une fenêtre du premier étage.

— Ça vient de là, chuchota-t-elle.

Une nouvelle plainte rompit le silence nocturne.

Les deux jeunes gens décidèrent d'entrer en action. Sous la conduite de Tuppence, ils allèrent chercher l'échelle et la portèrent ensemble jusqu'à la façade d'où provenait le gémissement. A la différence des fenêtres du rez-de-chaussée, les volets de la fenêtre en question n'étaient pas fermés.

Tommy appuya l'échelle contre le mur en essayant de faire le moins de bruit possible.

— Je vais grimper, chuchota Tuppence. Toi, tu resteras en bas, tu tiendras l'échelle mieux que moi. Et si jamais le médecin apparaissait, tu pourrais aussi t'occuper de lui mieux que moi.

Tuppence grimpa d'un pas leste et haussa la tête avec prudence pour regarder par la fenêtre. Elle la rentra soudain dans ses épaules, puis quelques secondes plus tard, la releva de nouveau. Elle resta là sans bouger quelques minutes avant de redescendre.

— C'est elle, dit-elle, le souffle court. Oh ! Tommy... c'est horrible. Elle est couchée et elle se tourne et se retourne en gémissant dans son lit... et juste au moment où j'arrivais, une femme habillée en infirmière est entrée. Elle lui a fait une piqûre de quelque chose dans le bras et puis elle est repartie. Qu'est-ce que nous allons faire ?

— Est-elle consciente ?

— Je crois que oui. J'en suis même sûre. J'ai l'impression qu'elle est attachée à son lit. Je vais remonter et tâcher d'entrer dans la chambre.

— Ecoute, Tuppence...

— Ne t'inquiète pas. Si cela devient dangereux, je hurlerai au secours. A tout à l'heure.

Elle se dépêcha de grimper pour couper court à toute discussion. Tommy la vit relever sans bruit le châssis de la fenêtre et, une seconde plus tard, elle avait disparu.

Il vécut alors quelques instants d'angoisse. D'abord, il n'entendit rien. Si Tuppence et Leigh Gordon parlaient, ce devait être en chuchotant. Puis il perçut un murmure de voix et poussa un soupir de soulagement. Mais tout à coup les voix se turent. Un silence de mort suivit.

Tommy tendit désespérément l'oreille. Rien. Que pouvaient-elles bien faire ?

Brusquement, une main s'abattit sur son épaule.

— Viens, dit une voix sortant de l'ombre.

— Tuppence ! Par où es-tu passée ?

— Par la porte d'entrée. Viens, sortons de là.

— Sortons de là ?

— C'est exactement ce que j'ai dit.

— Mais... et Mrs Leigh Gordon ?

Avec une amertume indescriptible, Tuppence répliqua :

— Elle maigrit !

Tommy la regarda, cherchant à comprendre la plaisanterie.

— Qu'est-ce que tu veux dire ?

— Ce que j'ai dit. Amaigrissement. Sveltesse. Réduction de poids. Stavansson déteste les femmes grosses. Tu ne te rappelles pas ses propos ? Pendant ses deux années d'absence, Hermy a beaucoup grossi. Quand elle a appris qu'il rentrait, elle a été prise de panique et s'est ruée sur le nouveau traitement du Dr Horriston. Des piqûres de je ne sais quoi, dont il garde jalousement le secret et qu'il fait payer les yeux de la tête. C'est sans aucun doute un charlatan, mais il a un succès fou. Stavansson est rentré quinze jours trop tôt, alors qu'elle venait de commencer son traitement. Lady Susan lui avait juré le secret et elle a tenu parole. Et nous, nous venons jusqu'ici pour nous rendre parfaitement ridicules !

Tommy respira un bon coup.

— Je crois savoir, Watson, dit-il d'un ton plein de dignité, qu'on donne un très bon concert demain, au Queen's Hall. Nous pourrons y être à temps. Et vous m'obligeriez en ne retenant pas cette affaire pour vos dossiers. Elle ne présente absolument aucune caractéristique particulière.

10

COLIN-MAILLARD

— Entendu, dit Tommy en raccrochant.

Puis il se tourna vers Tuppence :

— C'était le Chef. Il a peur pour nous, semble-t-il. Il paraît que les individus que nous recherchons ont découvert que je n'étais pas le vrai Mr Theodore Blunt. Nous pouvons nous attendre à du grabuge d'un moment à l'autre. Le Chef te demande comme une faveur de rentrer à la maison, d'y rester et de ne plus te mêler de rien. La fourmilière dans laquelle nous avons lancé un coup de pied semble plus volumineuse que tout ce qu'on avait pu prévoir.

— Rentrer à la maison, c'est idiot, répliqua fermement Tuppence. Qui veillera sur toi si je ne suis plus là ? Sans compter que j'aime le grabuge. Les affaires sont plutôt calmes, ces temps-ci.

— Ma foi, on ne peut pas compter sur des meurtres et des cambriolages tous les jours, dit Tommy. Sois raisonnable. Je pense justement que quand les affaires sont calmes, nous devrions faire tous les jours un certain nombre d'exercices à la maison.

— Tu veux dire s'allonger sur le dos et agiter les orteils ? Quelque chose dans ce genre-là ?

— Ne prends donc pas tout au pied de la lettre. Quand je parle d'exercice, j'entends s'exercer au noble art de détective. Imiter les grands maîtres. Par exemple...

Tommy ouvrit un tiroir et prit un énorme bandeau vert foncé qu'il s'ajusta sur les yeux avec beaucoup de soin. Puis il sortit une montre de sa poche.

— J'ai cassé le verre ce matin, déclara-t-il. Cela m'a permis d'avoir une montre aux aiguilles apparentes que je peux toucher de mes doigts sensibles.

— Attention, dit Tuppence. Tu as failli faire sauter la petite aiguille.

— Donnez-moi votre main.

Il s'en saisit et lui prit le pouls :

— Ah ! Le clavier du silence. Cette femme *n'a pas de maladie de cœur.*

— J'imagine que tu es Thornley Colton ?

— Exactement. Le détective aveugle. Et vous êtes sa secrétaire à la chevelure noire et aux joues rondes.

— Le paquet de langes ramassé jadis sur les bords du fleuve, acheva Tuppence.

— Et Albert est « la Fée » alias « la Crevette ».

— Nous devons donc lui apprendre à dire « Mince, alors ». Et le timbre de sa voix n'est pas aigu, mais affreusement rauque.

— Contre le mur, près de la porte, vous apercevez la canne évidée qui, au creux de ma main sensible, me révèle tant de choses.

Il se leva et se cogna contre une chaise.

— Bon Dieu ! J'avais oublié l'existence de cette chaise !

— Ça doit être terrible d'être aveugle, dit Tuppence, compatissante.

— Plutôt, répliqua Tommy du fond du cœur. Je plains plus que tout au monde ces pauvres diables qui ont perdu la vue à la guerre. Mais ils prétendent qu'à vivre dans le noir, certains autres sens se développent. Je voudrais essayer pour voir si c'est possible. Ce serait drôlement utile de s'entraîner à se débrouiller dans le noir. Maintenant, Tuppence, montre-toi un bon Sydney Thames : combien de pas jusqu'à cette canne ?

Tuppence hasarda, en désespoir de cause :

— Trois devant, cinq à gauche.

Tommy avança d'un pas incertain. Tuppence l'arrêta d'un cri lorsqu'elle s'aperçut que le quatrième pas à gauche le conduisait droit dans le mur.

— Très révélateur, dit Tuppence. On n'a pas idée de ce que ça peut être difficile à évaluer.

— Drôlement intéressant, dit Tommy. Appelle Albert. Je vais vous serrer la main à tous les deux et essayer de deviner qui est qui.

— D'accord. Mais il faut d'abord qu'Albert se passe les doigts sous l'eau. Avec ces bonbons acidulés qu'il mange du matin au soir, ils doivent être affreusement collants.

Mis au courant du jeu, Albert se montra fort intéressé.

Tommy leur serra la main à tous les deux, puis sourit avec suffisance.

— Le clavier du silence ne peut pas mentir, murmura-t-il. Albert en premier, Tuppence ensuite.

— Faux ! s'écria Tuppence. Clavier du silence, voyez-vous ça ! Tu t'es fié à mon alliance, et je l'avais passée au doigt d'Albert !

Ils poursuivirent leurs expériences, mais sans grand succès.

— Ça vient, quand même, déclara Tommy. On ne

peut pas espérer être infaillible du premier coup. Tu sais quoi, Tuppence? C'est l'heure de déjeuner. Si nous allions au *Blitz*, toi et moi? L'aveugle et son guide... Je suis sûr que je pourrai y glaner quelques trucs drôlement utiles.

— Ecoute, Tommy, nous allons nous attirer des ennuis.

— Mais non! Je serai sage comme une image. Seulement, avant la fin du repas, je t'en aurai mis plein la vue.

Toute protestation ainsi écartée d'autorité, un quart d'heure plus tard, Tommy et Tuppence étaient confortablement installés à table, dans un coin du Salon doré du *Blitz*.

Tommy passa légèrement le bout des doigts sur le menu.

— Pilaf de homard et poulet grillé pour moi, murmura-t-il.

Tuppence fit également son choix et le garçon s'éloigna.

— Jusque-là, tout va bien, remarqua Tommy. Maintenant, aventurons-nous plus loin. La fille en jupe courte, celle qui vient d'entrer, elle a de bien jolies jambes!

— Comment avez-vous fait, Thorn?

— Quand elles sont belles, les jambes communiquent au sol des vibrations particulières que je capte avec ma canne creuse. Ou, pour être tout à fait honnête, disons qu'il y a toujours, à l'entrée d'un grand restaurant, une fille avec de jolies jambes qui cherche des yeux ses amis; et la mode étant aux jupes courtes, elle est sûre ainsi de les mettre en valeur...

Ils continuèrent leur repas.

— L'homme qui est assis deux tables plus loin... à mon avis, c'est un riche trafiquant, laissa négligemment tomber Tommy.

— Pas mal, reconnut Tuppence. Comment as-tu fait, cette fois-ci ?

— Je ne vais pas te dévoiler ma recette à chaque coup. Ça gâcherait mon numéro. A droite, trois tables plus loin, le maître d'hôtel est en train de servir du champagne. Une femme bien en chair, habillée de noir, vient vers nous.

— Tommy ! comment fais-tu... ?

— Ha ! Ha ! Tu commences à comprendre de quoi je suis capable ! Maintenant une jolie fille en marron se lève de table, juste derrière nous.

— Ouh ! C'est un jeune homme en gris !

— Oh ! s'écria Tommy, un instant désarçonné.

A cet instant, deux hommes, qui assis non loin de là, observaient le couple avec un vif intérêt, se levèrent et s'approchèrent.

— Excusez-moi, dit le plus âgé des deux, un personnage grand et bien habillé, à la petite moustache grise et portant monocle. On me dit que vous êtes Mr Theodore Blunt. Puis-je vous demander si c'est exact ?

Tommy, pris au dépourvu, hésita un instant, puis hocha la tête.

— Oui, c'est bien moi.

— Quelle chance inespérée, Mr Blunt ! J'allais passer à votre bureau après le déjeuner. J'ai des ennuis, de très graves ennuis. Mais... excusez-moi... il vous est arrivé quelque chose aux yeux ?

— Cher monsieur, répondit Tommy d'un ton mélancolique, je suis aveugle. Complètement aveugle.

— Comment ?

— Cela vous étonne ? Vous avez sûrement déjà entendu parler de détectives aveugles ?

— Dans les romans, oui, mais pas dans la vie. Et surtout, je n'ai jamais entendu dire que vous, vous étiez aveugle.

— Peu de gens le savent, murmura Tommy. Si je porte

un bandeau, aujourd'hui, c'est pour me protéger de la lumière trop vive. Mais sans lui, la plupart des gens ne se doutent pas de mon infirmité, si vous voulez l'appeler ainsi. Comprenez-vous, je ne peux pas être induit en erreur par mes yeux. Mais assez sur ce sujet. Voulez-vous que nous allions tout de suite à mon bureau ou préférez-vous me parler de votre affaire ici-même ? C'est encore ce qui me paraîtrait le mieux.

Le garçon apporta des chaises supplémentaires et les deux hommes prirent place. Le second, celui qui n'avait pas encore ouvert la bouche, était plus petit, robuste et très brun.

— C'est une affaire très délicate, dit le plus âgé en prenant un ton confidentiel.

Mr Blunt parut avoir conscience du regard hésitant qu'il jeta du côté de Tuppence.

— Permettez-moi de vous présenter ma secrétaire particulière, miss Gange. Trouvée sur les rives du fleuve indien... un simple paquet de langes. Une bien triste histoire. Miss Gange m'accompagne partout : elle est mes yeux.

L'inconnu ponctua ces présentations d'un salut courtois.

— Je peux donc vous parler en toute liberté. Ma fille, Mr Blunt, qui n'a que seize ans, vient d'être enlevée dans des circonstances assez particulières. Je l'ai découvert il y a une demi-heure seulement. Etant donné justement ces circonstances, je n'ai pas osé faire appel à la police. Au lieu de quoi, j'ai appelé votre bureau. On m'a répondu que vous étiez sorti déjeuner et que vous seriez de retour à 2 heures et demie. En attendant, je suis entré ici avec mon ami, le capitaine Harker...

Celui-ci eut un mouvement de la tête et marmonna quelque chose.

— Puisque la chance a voulu que vous déjeuniez là

aussi, ne perdons pas de temps. Il faut que vous veniez chez moi tout de suite.

— Je peux être à vous dans une demi-heure, répliqua prudemment Tommy. Je dois d'abord repasser par mon bureau.

Le capitaine Harker, qui tournait la tête vers Tuppence, dut être surpris par le demi-sourire qui flotta un instant sur ses lèvres.

— Non, non. C'est impossible. Vous devez m'accompagner. Voici mon nom, dit-il en lui tendant la carte de visite qu'il avait sortie de sa poche.

Tommy la tripota.

— Mes doigts ne sont malheureusement pas assez sensibles pour ça, dit-il avec un sourire en la passant à Tuppence.

— Duc de Blairgowrie, lut celle-ci à voix basse.

Elle regarda leur client avec beaucoup d'intérêt. Le duc de Blairgowrie avait la réputation d'être hautain et inaccessible. Il avait épousé la fille d'un marchand de porcs de Chicago, beaucoup plus jeune que lui et dotée d'un tempérament pétulant qui faisait mal augurer de leur avenir. Des rumeurs de mésentente avaient couru récemment.

— Viendrez-vous tout de suite, Mr Blunt? demanda le duc d'un ton légèrement acerbe.

Tommy dut s'incliner devant l'inévitable.

— Nous allons vous accompagner, miss Gange et moi, dit-il avec calme. Mais me permettrez-vous auparavant de boire une grande tasse de café noir? On va me l'apporter tout de suite. Je suis sujet à de violents maux de tête à cause de mes yeux, et le café me calme les nerfs.

Il appela un garçon et lui passa sa commande. Puis il s'adressa à Tuppence:

— Miss Gange, je déjeunerai ici demain avec le Chef de la Sûreté française. Prévenez... *Albert* et prenez note

101

du menu, miss Gange. Vous le donnerez au maître d'hôtel en le priant de me réserver ma table habituelle. Je dois assister la police française dans une affaire très importante. *Les honoraires* — il marqua un temps — sont faramineux. Vous êtes prête ?

— Je vous écoute, répondit Tuppence, crayon en main.

— Pour commencer, leur spécialité de salade de crevettes, la fameuse *Blitz*... Suivra... voyons voir... *Suivra*... oui, deux *Faisans sur canapé*. Vous m'excuserez, je l'espère, murmura-t-il au duc. Ah ! oui... Et un *Soufflé surprise* conclura le repas. Un homme fascinant, ce Chef de la Sûreté française. Vous le connaissez peut-être ?

Le duc répondit par la négative. Tuppence se leva et partit donner ses instructions au maître d'hôtel. Elle revint au moment même où on apportait le café.

Tommy en but une grande tasse, lentement, à petites gorgées, puis il se leva.

— Ma canne, miss Gange... Merci. Par où ?

Tuppence vécut un instant d'angoisse :

— Un à droite, dix-huit tout droit. A gauche, à cinq pas à peu près, un garçon est en train de servir à une table.

Balançant sa canne avec désinvolture, Tommy se mit en marche. Tuppence restait tout près de lui, s'efforçant discrètement de le diriger. Tout alla bien jusqu'au moment où ils franchirent la porte d'entrée. Avant que Tuppence ait pu prévenir l'aveugle, celui-ci entra en collision avec quelqu'un qui arrivait précipitamment. Explications et excuses s'ensuivirent.

Devant le *Blitz*, un élégant coupé les attendait. Le duc lui-même aida Mr Blunt à monter.

— Votre voiture est ici, Harker ? demanda-t-il sans tourner la tête.

— Oui. Juste au coin de la rue.

— Prenez miss Gange avec vous, voulez-vous ?

Sans attendre, il s'installa à côté de Tommy et la voiture démarra en douceur.

— C'est une affaire très délicate, murmura le duc. Vous en connaîtrez bientôt tous les détails.

Tommy porta une main à sa tête.

— Je peux enlever mon bandeau maintenant, dit-il d'un ton léger. Je voulais seulement me protéger de la lumière artificielle du restaurant.

Mais son bras fut brutalement ramené en arrière et, au même moment, quelque chose de rond et de dur lui entra dans les côtes.

— Non, cher Mr Blunt, vous n'enlèverez pas ce bandeau, dit le duc d'une voix soudain tout autre. Vous allez rester bien tranquille, sans bouger. Je ne tiens pas à faire usage de mon pistolet. C'est bien compris ? Voyez-vous, il se trouve que je ne suis pas du tout le duc de Blairgowrie. J'ai emprunté ce nom pour l'occasion, sachant que vous ne pourriez pas refuser d'accompagner un client aussi célèbre. Mon identité est beaucoup plus prosaïque : je ne suis qu'un marchand de jambon à la recherche de sa femme.

Il se rendit compte que Tommy sursautait.

— Cela vous dit quelque chose, fit-il en riant. Mon jeune ami, vous vous êtes montré incroyablement stupide. J'ai peur... j'ai bien peur qu'à l'avenir, vos activités ne se voient considérablement réduites.

Il avait prononcé ces derniers mots avec une délectation sinistre.

Immobile, Tommy ne releva pas le sarcasme.

La voiture ralentit et s'arrêta.

— Un instant, dit le pseudo-duc. Pour le cas où vous seriez assez fou pour appeler au secours, ajouta-t-il d'un ton suave en fourrant prestement dans la bouche de Tommy un mouchoir, qu'il maintint à l'aide d'une écharpe.

Le chauffeur leur ouvrit la portière. Lui d'un côté, son

maître de l'autre, ils propulsèrent rapidement Tommy en haut de quelques marches puis dans la maison.

La porte se referma derrière eux. Un lourd parfum oriental flottait dans l'air. Les pieds de Tommy s'enfoncèrent dans le velours. Puis on le propulsa de la même façon en haut d'une volée de marches, puis dans une chambre qui lui parut se trouver tout au bout de la maison. Les hommes lui lièrent les mains, après quoi le chauffeur se retira et l'autre lui enleva son bâillon.

— Vous pouvez parler, maintenant, déclara-t-il d'un ton plaisant. Qu'avez-vous à dire pour votre défense, jeune homme ?

Tommy se racla la gorge et fit jouer ses mâchoires douloureuses.

— J'espère que vous n'avez pas perdu ma canne, dit-il doucement. Je l'ai fait faire à grands frais.

— Eh bien, vous ne manquez pas de cran ! répliqua l'autre au bout d'un instant. A moins que vous ne soyez complètement stupide. Ne comprenez-vous pas que je vous tiens, là, dans le creux de ma main ? Que vous êtes en mon pouvoir ? Que ceux qui vous connaissent n'ont aucune chance de vous revoir un jour ?

— Ne pourrions-nous pas éviter le mélodrame ? demanda Tommy d'un ton plaintif. Dois-je répliquer : « Arrière, misérable ! Vous n'avez pas encore gagné la partie ! » ou quelque chose de ce genre ? C'est tellement démodé !

— Et la fille ? répliqua l'autre en l'observant. Cela vous est égal ?

— Pendant mon silence forcé, j'ai eu le temps de réfléchir, et j'en suis arrivé à la conclusion que ce grand bavard de Harker est un autre de vos desperados et que, par conséquent, mon infortunée secrétaire va bientôt nous rejoindre pour le thé.

— Juste d'un côté, faux de l'autre. Mrs Beresford — comme vous voyez, je sais tout de vous — Mrs Beresford ne viendra pas. Comme il n'est pas impossible que vos amis haut placés vous aient fait suivre, j'ai cru bon de prendre cette petite précaution. De cette façon, si l'un de vous est filé, j'aurai toujours l'autre entre les mains. J'attends maintenant...

La porte s'ouvrit et il s'interrompit.

— Nous n'avons pas été suivis, monsieur, dit le chauffeur. Rien à l'horizon.

— C'est bon. Vous pouvez aller, Gregory.

La porte se referma.

— Jusque-là, tout va bien, dit le « duc ». Et maintenant, qu'allons-nous faire de vous, Mr Beresford-Blunt ?

— J'aimerais que vous m'ôtiez ce maudit bandeau, répondit Tommy.

— Je préfère vous le laisser. Comme ça, vous êtes vraiment aveugle, alors que sans lui vous verriez aussi bien que moi, et cela pourrait contrarier mon plan. Car j'ai un plan, Mr Blunt. Vous adorez les histoires à sensation, comme le prouve ce petit jeu auquel vous vous livriez aujourd'hui avec votre femme. Eh bien, moi aussi j'ai conçu un petit jeu — quelque chose de très ingénieux, comme vous en conviendrez sûrement quand je vous l'aurai expliqué.

»Voyez-vous, le sol sur lequel nous sommes est en métal, avec ici et là quelques légères saillies. Je touche un interrupteur, voilà... (On entendit un claquement sec.) Le courant est branché, maintenant. Poser le pied sur une de ces petites saillies signifie... la mort ! Vous avez saisi ? Si vous pouviez voir... mais vous ne pouvez pas voir. Vous êtes dans le noir. Voilà le jeu : colin-maillard avec la mort... Si vous pouvez atteindre la porte, vous êtes libre ! Mais vous aurez marché sur un de ces endroits dangereux bien avant, je pense. Et ce sera très amusant... pour moi !

Il s'approcha de Tommy et lui délia les mains. Puis il lui tendit sa canne avec un petit salut ironique.

— Voyons si le « détective aveugle » va venir à bout de ce problème. Je vais rester ici, pistolet à la main. Si vous faites un geste pour enlever ce bandeau, je tire. C'est clair ?

— Parfaitement clair, dit Tommy. Je n'ai pas la moindre chance, j'imagine ?

Il était pâle, mais avait l'air résolu.

— Oh ! ça..., fit l'autre en haussant les épaules.

— Vous êtes un esprit diablement ingénieux, non ? dit Tommy. Mais vous avez oublié quelque chose. Au fait, puis-je allumer une cigarette ? Mon pauvre petit cœur palpite.

— Vous pouvez, mais n'essayez pas de me jouer un tour. N'oubliez pas que mon pistolet est braqué sur vous.

— Je ne suis pas un chien savant, je n'exécute pas de tours, répliqua Tommy en sortant une cigarette de sa poche et en tâtonnant à la recherche d'une boîte d'allumettes. N'ayez crainte, je ne cherche pas un revolver. Vous savez très bien que je ne suis pas armé. Mais comme je vous le disais tout à l'heure, vous avez oublié quelque chose.

— Quoi donc ?

Tommy sortit une allumette de sa boîte :

— Si je suis aveugle, vous ne l'êtes pas, vous avez donc l'avantage. Mais supposons que nous soyons tous les deux dans le noir, hein ? Quel serait alors votre avantage ?

Le « duc » ricana :

— Vous espérez atteindre l'interrupteur ? Plonger la pièce dans l'obscurité ? Impossible.

— D'accord, dit Tommy, je ne peux pas créer l'obscurité. Mais, vous savez, les extrêmes se rejoignent. Que pensez-vous de la *lumière* ?

Là-dessus, il approcha son allumette de quelque chose qu'il tenait dans la main et qu'il lança sur la table.

Un éclair aveuglant envahit la pièce.

Un instant surpris par cette fulgurante lumière blanche, le « duc » ferma les yeux, eut un mouvement de recul et abaissa son arme.

Quand il rouvrit les yeux, un objet pointu lui picotait la poitrine.

— Jetez ce pistolet, lui ordonna Tommy. Et vite. Je vous accorde qu'une canne creuse ne vaut pas grand-chose. Mais une *canne-épée* est une arme très utile, vous ne trouvez pas ? Tout autant qu'un fil de magnésium. Lâchez ce pistolet !

Les injonctions d'une pointe acérée contraignirent l'homme à obéir. Mais, laissant tomber son arme, il fit un bond en arrière en riant :

— J'ai quand même toujours l'avantage : je vois clair et pas vous.

— C'est là où vous vous trompez, répliqua Tommy. Je vois parfaitement. Ce bandeau est truqué. Je voulais faire marcher Tuppence, commencer par deux ou trois erreurs pour ensuite l'éblouir vers la fin du repas. Eh oui, c'est comme ça, j'aurais pu aller jusqu'à la porte en évitant tous les endroits dangereux. Mais je ne vous faisais pas confiance pour jouer franc jeu. Vous ne m'auriez jamais laissé sortir d'ici vivant... Attention !

Le visage tordu de rage, le « duc » s'était jeté sur lui, oubliant, dans sa fureur, de regarder où il posait les pieds.

Une flamme bleue crépita, il vacilla un instant puis s'écroula comme une masse. Une vague odeur de chair brûlée envahit la pièce, mêlée à une odeur plus forte d'ozone.

— Pfuiit ! dit Tommy.

Il s'essuya le visage, puis, avec mille précautions, s'approcha du mur et manœuvra l'interrupteur.

Ensuite il traversa prudemment la pièce, ouvrit la porte et jeta un coup d'œil dehors. Personne. Il descendit les marches du perron et sortit dans la rue. Avec un frisson, il leva le nez pour noter le numéro de la maison et se rua sur la cabine téléphonique la plus proche.

Après un moment d'horrible angoisse, une voix bien connue résonna au bout du fil.

— Tuppence ! Dieu soit loué !

— C'est moi, tout va bien. J'avais tout saisi : Albert, le *Blitz*, les deux faisans... Albert est arrivé à temps et quand il nous a vus partir dans deux voitures différentes, il m'a suivie en taxi et est allé prévenir la police.

— Albert est un brave garçon, dit Tommy. Et chevaleresque. J'étais presque sûr que c'était toi qu'il choisirait de suivre. N'empêche que j'étais sérieusement inquiet. J'arrive. J'ai un tas de choses à te raconter. Et la première chose que je ferai ensuite, ce sera d'envoyer un gros chèque à l'Institut des Aveugles. Bonté Divine, ça doit être horrible d'être aveugle !

11

L'HOMME DANS LA BRUME

L'existence ne souriait pas à Tommy. Les Fins Limiers de Blunt venaient d'essuyer un échec cuisant, pour leur amour-propre sinon pour leur bourse. Appelés en consultation à Adlington Hall, non loin de la petite ville d'Adlington, pour élucider le vol mystérieux d'un collier de perles, les Fins Limiers de Blunt avaient failli à leur mission. Tandis que Tommy, déguisé en prêtre catholique romain, traquait une comtesse en proie au démon du jeu, et que Tuppence entreprenait de séduire le neveu de la maison sur le terrain de golf, le chef de la police locale arrêtait tranquillement le deuxième valet de pied, malfaiteur déjà fiché et qui n'avait fait aucune difficulté pour reconnaître sa culpabilité.

Tommy et Tuppence s'étaient donc retirés en se drapant dans leur dignité et, pour se consoler, buvaient maintenant des cocktails au Grand Hôtel d'Adlington. Tommy portait encore sa soutane.

— On ne peut pas dire que cette histoire ait porté la marque du Père Brown, remarqua-t-il d'un air lugubre. Et pourtant, j'ai tout à fait le genre de parapluie qui convient.

— C'est l'affaire elle-même qui ne convenait pas. Pour le Père Brown, il faut une atmosphère bien particulière dès le début. Tandis qu'on est plongé dans des activités parfaitement banales, des choses bizarres commencent à se produire. C'est ça, en gros.

— Malheureusement, nous devons rentrer en ville, dit Tommy. Quelque chose de bizarre surviendra peut-être sur le chemin de la gare ?

Il portait son verre à ses lèvres lorsque le contenu de celui-ci se renversa : une large main venait de lui assener une claque dans le dos, et une voix assortie tonitruait :

— Ma parole, c'est lui ! Ce vieux Tommy ! Et Mrs Tommy ! D'où sortez-vous ? Il y a des années que je n'ai plus entendu parler de vous !

— Ça alors, Bulger ! s'écria Tommy en posant ce qui restait de son cocktail sur la table. Ce bon vieux Bulger !

Il se retourna vers le nouveau venu, un homme d'une trentaine d'années, en costume de golf, aux épaules carrées, au visage rond et souriant.

— Mais dis donc, mon vieux, poursuivit Bulger (qui, soit dit en passant, avait pour véritable nom Mervyn Estcourt), je ne savais pas que tu étais entré dans les ordres ! C'est rigolo que tu sois devenu prêtre !

Tuppence éclata de rire et Tommy parut gêné. Puis, tout à coup, ils prirent conscience d'une quatrième présence : celle d'une créature grande et svelte, aux cheveux très blonds et aux yeux très ronds, d'une beauté au-delà de toute expression, enveloppée dans un coûteux manteau noir bordé d'hermine et arborant d'énormes perles aux oreilles. Elle souriait, et son sourire en disait long. Par exemple, qu'elle était consciente de représenter l'objet le plus digne d'admiration de toute l'Angleterre et peut-être même du monde. Elle n'en tirait aucune vanité, elle ne faisait que constater un fait.

Tommy et Tuppence la reconnurent aussitôt. Ils l'avaient déjà vue trois fois dans *Le Secret du Cœur*, à peu près autant dans son autre grand succès, *Les Piliers de Feu*, et dans d'innombrables autres pièces. Miss Gilda Glen captivait le public britannique plus que toute autre comédienne. Elle avait la réputation d'être la plus belle femme d'Angleterre. Le bruit courait qu'elle était aussi la plus stupide.

— De vieux amis à moi, miss Glen, dit Estcourt sur un ton d'excuse pour s'être permis, ne fût-ce qu'un instant, d'oublier une aussi radieuse créature. Tommy et Mrs Tommy, permettez-moi de vous présenter miss Gilda Glen.

Sa voix était vibrante de fierté. Le simple fait d'être vu en compagnie de miss Glen l'auréolait de gloire.

L'actrice contemplait Tommy avec intérêt.

— Vous êtes vraiment prêtre ? lui demanda-t-elle. Je veux dire, prêtre catholique romain ? Je croyais qu'ils n'avaient pas de femme.

Estcourt eut un hurlement de rire.

— Elle est bien bonne ! s'écria-t-il. Tu es un petit malin, Tommy. Je suis heureux qu'il n'ait pas renoncé à vous, Mrs Tommy, en même temps qu'au monde, à ses pompes et à ses œuvres !

Sans lui prêter la moindre attention, Gilda Glen continuait à fixer Tommy d'un regard intrigué.

— Vous êtes prêtre ? répéta-t-elle.

— Peu d'entre nous sont vraiment ce qu'ils paraissent être, répondit doucement Tommy. Ma profession ressemble assez à celle d'un prêtre. Je ne donne pas l'absolution, mais je reçois des confessions, je...

— Ne l'écoutez pas, l'interrompit Estcourt. Il vous fait marcher.

— Je ne comprends pas pourquoi vous êtes habillé comme un curé si vous n'en êtes pas un, répliqua-t-elle, perplexe. A moins que...

— Je ne suis pas un criminel qui cherche à échapper à la justice, mais l'inverse.

— Oh ! fit-elle en fronçant les sourcils et en le regardant de ses beaux yeux pleins d'étonnement.

« Tant que je ne me serai pas exprimé en mots d'une syllabe, je crois qu'elle ne me comprendra pas », songea Tommy. Puis il dit tout haut :

— Tu as une idée des horaires de train pour Londres, Bulger ? Nous sommes pressés de rentrer. A quelle distance est la gare ?

— Dix minutes à pied. Mais inutile de te dépêcher. Le prochain train part à 6 h 35, et il n'est que 6 heures moins 20. Vous venez d'en rater un.

— Comment va-t-on à la gare, d'ici ?

— Tout de suite à gauche en sortant de l'hôtel, puis... attends voir... le mieux serait de descendre Morgan's Avenue, non ?

Miss Glen sursauta violemment.

— Morgan's Avenue ? répéta-t-elle en le regardant avec des yeux stupéfaits.

— Je sais, vous pensez au fantôme, dit Estcourt en riant. Morgan's Avenue longe un cimetière, et on raconte qu'un agent de police, mort de mort violente, se lève de sa tombe et circule dans cette rue pour faire sa ronde... Un revenant agent de police! Tu te rends compte? Et pourtant, il y a un tas de gens qui jurent l'avoir aperçu.

— Un agent de police? répéta miss Glen avec un léger frisson. Mais il n'y a pas de fantômes, n'est-ce pas? Je veux dire, ces choses-là n'existent pas vraiment?

Elle se leva et s'enveloppa dans son manteau.

— Au revoir, murmura-t-elle vaguement.

Comme elle l'avait fait depuis le début, elle n'accorda pas un regard à Tuppence. Mais, en partant, elle jeta encore un œil étonné et interrogateur sur Tommy.

Un homme grand, aux cheveux gris, au visage rouge et bouffi, entra juste au moment où elle atteignait la porte. Il poussa une exclamation de surprise, lui prit le bras et l'accompagna dehors en parlant avec la plus vive animation.

— Une belle créature, hein? dit Estcourt. Avec une cervelle de lapin. Le bruit court qu'elle va épouser lord Leconbury. C'est lui qu'elle a rencontré à la porte.

— Il n'a pas l'air d'un homme qu'on voudrait épouser, remarqua Tuppence.

Estcourt haussa les épaules:

— Les titres ont encore une espèce d'attrait, j'imagine. Et Leconbury n'est pas un pair ruiné, loin de là. Elle aura une vie de reine. Personne ne sait d'où elle sort. Du ruisseau sans doute, ou presque. En tout cas, sa présence ici est très mystérieuse. Elle n'est pas descendue à l'hôtel, et quand j'ai essayé de savoir où elle habitait, elle m'a envoyé promener à sa manière, c'est-à-dire sans ménagement. Du diable si je comprends pourquoi!

Il jeta un coup d'œil à sa montre et poussa une exclamation:

— Je dois me sauver! Drôlement content de vous avoir vus tous les deux. Il faudra qu'on fasse une petite bombe en ville, un soir. A bientôt.

Il partit en hâte, juste au moment où un groom leur

apportait un message sur un plateau. Un message sans mention de destinataire.

— Mais c'est bien pour vous, monsieur, dit-il à Tommy. De la part de miss Gilda Glen.

Tommy l'ouvrit et lut avec curiosité quelques lignes tracées d'une main maladroite et peu soigneuse :

Je n'en suis pas sûre, mais vous pouvez peut-être m'aider. De toute façon, c'est sur le chemin de la gare. Pourriez-vous être à la Maison Blanche, Morgan's Avenue, à 6 h 10 ?

Bien à vous,
Gilda Glen

Tommy fit un signe d'assentiment au groom, et passa le message à Tuppence.

— Incroyable ! dit celle-ci. C'est parce qu'elle pense toujours que tu es prêtre ?

— Non, répondit Tommy, songeur. Je pense que c'est parce qu'elle a enfin compris que je n'en étais pas un. Oh là là ! Qu'est-ce que c'est que ça ?

« Ça », c'était un homme aux cheveux roux flamboyants, à la mâchoire agressive et aux vêtements abominablement râpés. Il venait de pénétrer dans la salle et faisait les cent pas en parlant tout seul.

— Nom de Dieu ! disait-il avec véhémence. Vous m'entendez ? Nom de Dieu !

Il se laissa tomber sur une chaise à côté de Tommy et Tuppence, et les fixa d'un air morne.

— Au diable toutes les femmes ! dit-il en jetant à Tuppence un regard féroce. Allez-y ! Criez au scandale si vous voulez, faites-moi jeter dehors, ce ne sera pas la première fois ! Pourquoi ne peut-on jamais dire ce qu'on pense ? Pourquoi doit-on toujours refouler ses sentiments, sourire et faire la même chose que tout le monde ? Je n'ai pas envie d'être charmant et poli. J'ai envie de prendre quelqu'un à la gorge et de l'étrangler, de le faire mourir à petit feu.

113

Il s'arrêta.

— N'importe qui, ou quelqu'un en particulier ? demanda Tuppence.

— Quelqu'un en particulier, répondit l'individu d'un air résolu.

— Voilà qui est intéressant, déclara Tuppence. Ne pouvez-vous nous en dire un peu plus ?

— Je m'appelle Reilly, répliqua le rouquin. James Reilly. Cela vous dit peut-être quelque chose. J'ai publié un petit recueil de poèmes pacifistes — plutôt bons, si je peux me permettre de donner mon avis.

— Des *poèmes pacifistes* ? répéta Tuppence.

— Et pourquoi pas ? riposta Mr Reilly d'un ton agressif.

— Oh ! pour rien..., répondit vivement Tuppence.

— Je suis pour la paix, encore et toujours ! dit Mr Reilly avec violence. Au diable la guerre ! Au diable les femmes ! Les femmes... Avez-vous vu la créature qui se promenait là tout à l'heure ? Elle se fait appeler Gilda Glen. Gilda Glen ! Dieu, ce que j'ai pu l'adorer... Et je vais vous dire quelque chose : si elle a un cœur, il est à moi. Il fut un temps où elle tenait à moi, et elle tiendra encore à moi si je veux. Mais si elle se vend à ce fumier de Leconbury... eh bien, que Dieu la protège, je la tuerai aussitôt de mes propres mains.

Là-dessus, il se leva brusquement et sortit en courant.

Tommy haussa les sourcils.

— Un monsieur bien émotif, murmura-t-il. Eh bien, Tuppence, si nous y allions ?

Dehors, une légère brume tombait. Suivant les indications d'Estcourt, ils tournèrent tout de suite à gauche et, quelques minutes après, ils atteignaient le coin de Morgan's Avenue.

La brume s'était épaissie. Blanche et cotonneuse, elle s'effilochait devant eux en petits nuages tourbillonnants.

A leur gauche se trouvait le haut mur du cimetière, à leur droite une rangée de petites maisons, qui firent bientôt place à une grande haie.

— Je commence à me sentir nerveuse, dit Tuppence. Cette brume... ce silence... On a l'impression d'être à mille lieues de tout.

— Oui. On se sent seul au monde, reconnut Tommy. C'est cette brume, on ne voit pas à un mètre devant soi.

— On n'entend que l'écho de nos pas sur le trottoir. Qu'est-ce que c'est que ça?

— Ça quoi?

— J'ai cru qu'on marchait derrière nous.

— Tu vas finir par l'apercevoir, le fantôme, si tu continues à te monter la tête comme ça, lui dit gentiment Tommy. Garde ton sang-froid. Tu as peur que l'agent fantôme te mette la main sur l'épaule?

Tuppence couina :

— Non, Tommy! Maintenant, je ne vais plus penser qu'à ça!

Elle jeta un coup d'œil derrière elle, essayant de percer le voile blanc qui les enveloppait.

— Ça y est, ça recommence, chuchota-t-elle. Non, ils sont devant nous, maintenant. Oh! Tommy... ne me dis pas que tu n'entends rien!

— En effet! j'entends quelqu'un marcher derrière nous. Nous ne sommes sans doute pas les seuls à vouloir prendre ce train. Je me demande...

Il s'interrompit soudain et resta immobile. Tuppence étouffa un hoquet. Devant eux, le rideau de brume venait de se déchirer de façon très peu naturelle et à moins de dix pas, à l'endroit où, l'espace d'une seconde auparavant, il n'y avait rien, un gigantesque agent de police s'était matérialisé — c'est du moins ce qui apparut aux imaginations surchauffées des deux observateurs. Puis la brume s'écarta encore plus, découvrant une petite mise en scène, comme au théâtre : l'énorme agent de police en bleu, une boîte aux lettres rouge et, sur la droite, les contours d'une maison blanche.

— Bleu, rouge, blanc, dit Tommy. Bigrement décoratif. Viens, Tuppence, il n'y a pas de quoi avoir peur.

En effet, il était évident que l'agent était un véritable agent. De plus, il était loin d'être aussi gigantesque qu'il leur avait semblé quand il était sorti de la brume.

Comme ils se remettaient en route, des pas retentirent derrière eux. Un homme les dépassa en hâte. Il poussa la grille de la maison blanche, grimpa les marches du perron et assena de violents coups de heurtoir sur la porte. On le fit entrer juste au moment où ils arrivaient à la hauteur de l'agent de police.

— Ce gentleman paraît très pressé, remarqua celui-ci.

Il parlait d'une voix posée et réfléchie, comme tous ceux qui ont besoin de temps pour que leurs pensées mûrissent.

— Ce genre d'homme est toujours très pressé, fit observer Tommy.

Lentement, l'agent de police tourna vers lui un regard soupçonneux :

— Un de vos amis ?

— Non, dit Tommy. Mais il se trouve que je sais qui il est. Il s'appelle Reilly.

— Ah ! fit l'agent. Bon, eh bien je vais continuer ma ronde.

— Pouvez-vous me dire où se trouve la Maison Blanche ? demanda Tommy.

L'agent de police la lui désigna de la tête.

— C'est là. La maison de Mrs Honeycott. Une personne plutôt nerveuse, ajouta-t-il d'un ton conscient de la valeur de ses informations. Elle soupçonne toujours la présence de voleurs et voudrait que je passe mon temps à surveiller les lieux. Toutes les femmes d'un certain âge sont comme ça.

— D'un certain âge ? releva Tommy. Sauriez-vous par hasard si une jeune femme habite ici en ce moment ?

— Une jeune femme, répéta l'agent. Une jeune femme... Non, je ne peux pas dire que je sois au courant.

— Elle n'habite peut-être pas là, Tommy. Et, de toute façon, elle n'est peut-être pas encore arrivée. Elle n'a pu partir que peu de temps avant nous.

— Ah ! s'exclama tout à coup l'agent de police, maintenant que j'y pense, j'ai vu une jeune femme pousser la grille il y a trois ou quatre minutes, au moment où j'arrivais moi-même.

— Avec un manteau bordé d'hermine ? demanda vivement Tuppence.

— Elle avait une espèce de lapin blanc autour du cou, reconnut l'agent.

Tuppence sourit et l'agent se remit en route. Elle s'apprêtait à franchir la grille de la maison avec Tommy quand un cri étouffé retentit à l'intérieur. Quasiment en même temps, la porte d'entrée s'ouvrit, et James Reilly dégringola les marches. Titubant comme un homme ivre, pâle et défait, l'œil hagard, il passa devant Tuppence et Tommy sans les voir, en répétant de façon tragiquement mécanique : « Mon Dieu ! Mon Dieu ! Oh, mon Dieu ! »

Il se raccrocha au montant de la grille comme pour reprendre son équilibre puis, comme saisi d'une panique soudaine, se mit à courir aussi vite qu'il put dans la direction opposée à celle qu'avait prise l'agent de police.

12

L'HOMME DANS LA BRUME *(suite)*

Tommy et Tuppence se regardèrent avec stupéfaction.

— Eh bien, dit Tommy, il est arrivé quelque chose dans cette maison qui a joliment effrayé notre ami Reilly.

Tuppence passa machinalement le doigt sur le montant de la grille.

— Il a dû poser la main sur de la peinture rouge toute fraîche, remarqua-t-elle avec distraction.

— Hum... Entrons vite. Je n'y comprends rien.

Sur le seuil se tenait une domestique en coiffe blanche, qui paraissait au comble de l'indignation :

— Avez-vous jamais vu une chose pareille, mon père ? éclata-t-elle. Ce garçon arrive, demande la jeune femme et se précipite là-haut sans bonjour ni bonsoir. La pauvre petite pousse un cri de chat écorché — rien d'étonnant — et lui, il redescend en courant, aussi blanc que s'il avait vu un fantôme. Qu'est-ce que ça signifie ?

— A qui parlez-vous, Hélène ? demanda une voix coupante, venant du vestibule.

— Voilà Madame, remarqua Hélène.

Elle s'écarta et Tommy se trouva face à face avec une femme d'un certain âge, aux cheveux gris et aux yeux bleus, dont un pince-nez dissimulait mal le regard glacial. Elle était maigre et toute vêtue de noir, avec des garnitures de jais.

— Mrs Honeycott ? Je suis venu voir miss Glen, dit Tommy.

Mrs Honeycott lui lança un regard vif, puis examina Tuppence des pieds à la tête.

— Ah oui ? Vraiment ? Eh bien, donnez-vous la peine d'entrer.

Elle les conduisit au fond de la maison, dans un salon qui donnait sur le jardin. C'était une pièce assez grande, mais, qu'une surcharge de tables et de chaises rapetissait. Un divan tapissé de chintz était installé d'un côté de la cheminée où brûlait un grand feu. Un papier peint à rayures grises avec un feston de roses courant tout autour du plafond ornait les murs, recouverts de nombreux tableaux et gravures.

Il était impossible d'établir un lien quelconque entre cette pièce et les goûts fastueux de miss Gilda Glen.

— Asseyez-vous, dit Mrs Honeycott. Vous m'excuserez si je vous avoue, de prime abord, que je n'ai aucune sympathie pour la religion catholique romaine. Je n'aurais jamais cru voir un jour un prêtre catholique chez moi. Mais si Gilda s'est ralliée à cette prostituée vêtue de pourpre et d'écarlate dont parle la Bible... rien d'étonnant quand on mène une vie comme la sienne. D'ailleurs, cela aurait pu être pire, elle aurait pu n'avoir aucune religion du tout. J'aurais meilleure opinion des prêtres catholiques romains s'ils étaient mariés, je vous le dis comme je le pense. Et quand on songe à toutes ces jolies filles qu'on enferme dans des couvents et dont on n'entend plus jamais parler... enfin, c'est comme ça !

Mrs Honeycott s'arrêta et reprit sa respiration.

Sans chercher à prendre la défense du célibat des prêtres ou à ouvrir une controverse à propos d'un autre de ces points délicats, Tommy alla droit au vif du sujet :

— Si je ne me trompe, Mrs Honeycott, miss Glen se trouve dans cette maison.

— C'est exact. Et croyez-moi, je ne l'approuve pas. Un mariage est un mariage et un mari est un mari. Comme on fait son lit, on se couche.

— Je ne saisis pas très bien..., commença Tommy, abasourdi.

— Je m'en doutais, c'est pourquoi je vous ai fait entrer. Vous pourrez monter voir Gilda quand je vous aurai fait comprendre ma façon de penser. Après toutes ces années, elle est venue me demander mon aide, imaginez-vous ça! Elle voulait que je persuade cet homme de lui accorder le divorce. Je lui ai répondu sans détours que je ne voulais rien avoir à faire avec ce problème. Divorcer est un péché. Mais je ne pouvais pas refuser mon toit à ma propre sœur, n'est-ce pas?

— Votre sœur? s'exclama Tommy.

— Oui, Gilda est ma sœur. Elle ne vous l'a pas dit?

Tommy en resta la bouche ouverte. C'était fantastique, incroyable! Puis après avoir réfléchi que l'angélique beauté de Gilda Glen était réputée depuis de longues années déjà, que lui-même l'avait vue jouer alors qu'il n'était qu'un petit garçon, il se dit qu'après tout, oui, c'était possible. Mais quel piquant contraste! Ainsi Gilda était issue de cette petite bourgeoisie respectable... Le secret avait été bien gardé!

— Je ne vous suis pas encore très bien, dit Tommy. Votre sœur est mariée?

— Elle s'est enfuie à l'âge de dix-sept ans, pour épouser un individu de condition très inférieure. Quelle honte pour notre père, un pasteur! Puis elle a quitté son mari pour monter sur les planches. Actrice! De ma vie, je n'ai mis les pieds dans un théâtre. Je ne veux rien avoir à faire avec le vice. Et maintenant, après toutes ces années, elle veut divorcer. Pour épouser une grosse légume, sans doute. Mais son mari tient bon et je l'en admire: il ne se laisse ni intimider ni acheter.

— Comment s'appelle-t-il? demanda soudain Tommy.

— Aussi extraordinaire que cela puisse paraître, je ne m'en souviens plus! Il faut dire que mon père avait interdit qu'on prononce son nom et cela fait vingt ans que je n'en ai plus entendu parler. De plus, j'ai refusé d'en discuter avec Gilda. Elle sait ce que j'en pense, c'est suffisant.

— Ce ne serait pas Reilly, par hasard?

— Peut-être. Je n'en sais vraiment rien. Ça m'est complètement sorti de la tête.

— L'homme dont je parle se trouvait là il y a quelques instants.

— Ah, celui-là! Je l'ai pris pour un fou échappé de l'asile! Je venais de donner mes ordres à Hélène dans la cuisine et j'étais juste de retour dans cette pièce, me demandant si Gilda était là (elle a une clef de la grande porte), quand je l'ai entendue rentrer. Elle a hésité un instant dans le vestibule, puis est montée tout droit au premier étage. Trois minutes plus tard, cet épouvantable ramdam a commencé. Je suis sortie dans le vestibule et j'ai vu un homme grimper précipitamment l'escalier. Puis j'ai entendu une espèce de cri là-haut, l'homme est redescendu à toute vitesse et s'est rué dehors comme un fou. Ah, c'est du joli!

Tommy se leva:

— Mrs Honeycott, nous devons monter tout de suite. Je crains...

— Quoi?

— Que vous n'ayez pas de peinture rouge fraîche dans la maison.

Mrs Honeycott le dévisagea:

— Bien sûr que non.

— C'est bien ce que je pensais. Je vous en prie, montons tout de suite dans la chambre de votre sœur.

Momentanément réduite au silence, Mrs Honeycott leur montra le chemin. En passant dans le vestibule, ils aperçurent Hélène qui se hâta de battre en retraite. En haut de l'escalier, Mrs Honeycott ouvrit la première porte sur le palier et entra, Tommy et Tuppence sur ses talons.

Tout à coup, elle poussa un cri étouffé et recula.

Une silhouette inerte, vêtue de noir et d'hermine, était allongée sur le divan. Le visage, un beau visage vide d'enfant endormi, était intact. La blessure se trouvait sur le côté de la tête : un coup violent assené avec un instrument contondant lui avait défoncé le crâne. Du sang coulait goutte à goutte sur le sol, mais la blessure elle-même avait depuis longtemps cessé de saigner.

Très pâle, Tommy examina le corps prostré.

— En fin de compte, il ne l'a pas étranglée, murmura-t-il.

— Que voulez-vous dire ? Qui ? cria Mrs Honeycott. Elle est morte ?

— Oh ! oui, Mrs Honeycott, elle est morte. Assassinée. Par qui ? C'est la seule question. Non que la question se pose vraiment. C'est curieux... malgré toutes ses rodomontades, je n'aurais pas cru qu'il en était capable.

Il réfléchit un instant, puis gronda à l'adresse de Tuppence :

— Tu ne veux pas filer chercher un agent, ou appeler le poste de police ?

Tuppence acquiesça. Elle était très pâle, elle aussi. Quant à Tommy, il ramena Mrs Honeycott au rez-de-chaussée.

— Savez-vous quelle heure il était exactement quand votre sœur est rentrée ? Il ne faut pas qu'il y ait la moindre erreur à ce sujet.

— Oui, je le sais, parce que j'étais en train de régler la pendule, comme je le fais chaque soir. Elle avance de cinq minutes par jour. A ma montre, qui n'avance ni ne retarde jamais, il était exactement 6 heures et 8 minutes.

Tommy hocha la tête. Cela concordait tout à fait avec

le récit de l'agent, qui avait vu la femme à la fourrure blanche entrer dans la maison environ trois minutes avant l'arrivée de Tommy et de Tuppence. Tommy avait regardé sa propre montre à ce moment-là et constaté qu'ils avaient une minute de retard sur leur rendez-vous.

Il y avait peu de chances pour que quelqu'un ait attendu Gilda Glen dans sa chambre. Mais si tel était le cas, il devait être encore dans la maison. A part James Reilly, personne n'était sorti.

Tommy remonta en courant et procéda à une rapide mais sérieuse inspection des lieux. Personne ne se dissimulait nulle part.

Ensuite il alla parler à Hélène. Après l'avoir mise au courant des événements et attendu que s'épuisent ses lamentations et invocations à tous les saints, il lui posa quelques questions.

Quelqu'un était-il venu demander miss Glen cet après-midi ? Absolument personne. Elle-même était-elle montée ? Oui, à 6 heures, comme d'habitude — ou peut-être quelques minutes plus tard — pour tirer les rideaux. En tout cas, c'était juste avant que ce cinglé ait entrepris de démolir le heurtoir. Elle était descendue en vitesse pour aller lui ouvrir. A lui, à un affreux assassin.

Tommy arrêta là son enquête. Mais il ne pouvait s'empêcher d'éprouver une étrange pitié pour Reilly, et répugnait à le croire capable du pire. Et pourtant, personne d'autre n'avait pu tuer Gilda Glen. Mrs Honeycott et Hélène avaient été les seules personnes présentes dans la maison.

Des voix s'élevèrent dans le vestibule, celles de Tuppence et de l'agent de service. Il alla les rejoindre. L'agent avait sorti son carnet et un crayon mal taillé qu'il lécha subrepticement. Il monta et examina la victime avec flegme, se faisant simplement remarquer à voix haute que s'il touchait à quoi que ce soit, l'inspecteur lui sonnerait les cloches. Il écouta les propos hystériques de Mrs Honeycott et ses explications confuses, en prenant des notes de temps en temps. Sa présence avait quelque chose de réconfortant.

Tommy réussit enfin à se trouver quelques minutes seul avec lui, sur les marches du perron, au moment où il partait téléphoner au commissariat central.

— Vous dites que vous avez vu la défunte entrer dans la maison. Etes-vous certain qu'elle était seule ?

— Oh ! elle était seule, c'est sûr. Il n'y avait personne avec elle.

— Et entre le moment où elle est entrée et celui où nous sommes arrivés, personne n'est sorti de la maison ?

— Pas âme qui vive.

— Si quelqu'un était sorti, vous n'auriez pas pu ne pas le voir ?

— Sûr que je l'aurais vu. Personne n'est sorti avant cette espèce de sauvage.

La Loi dans toute sa majesté descendit solennellement les marches du perron et s'arrêta devant le montant de la grille, peint en blanc, qui portait en rouge l'empreinte d'une main.

— Un amateur, ma parole, pour laisser une chose pareille, dit-il d'un ton plein de pitié.

Et là-dessus, il s'en alla.

Le lendemain, Tommy et Tuppence se trouvaient encore au Grand Hôtel, mais Tommy avait jugé plus prudent de renoncer à sa soutane.

James Reilly avait été arrêté et placé en détention préventive. Son avocat, Me Marvell, venait d'avoir une longue conversation avec Tommy au sujet du crime.

— Je n'aurais jamais cru ça de James Reilly, dit-il en guise de conclusion... très provisoire. Il a toujours été très fort en gueule, mais ça s'arrêtait là.

Tommy approuva :

— Quand on dépense son énergie en paroles, il ne vous en reste guère pour agir. Malheureusement, je me rends compte que je vais être un des principaux témoins à charge. Les propos qu'il m'a tenus juste avant le crime sont particulièrement accablants. Et pourtant, en dépit de tout, j'ai de la sympathie pour lui ; si seulement nous disposions d'un autre suspect, je serais tout prêt à croire à son innocence. Quelle est sa version des faits ?

L'avocat pinça les lèvres :

— Il prétend qu'il l'a trouvée morte. Bien entendu, c'est impossible. Il nous a servi le premier mensonge qui lui est passé par la tête.

— S'il disait la vérité, cela signifierait que l'auteur du crime n'est autre que notre intarissable Mrs Honeycott — ce qui est proprement invraisemblable. Non, c'est bien lui le coupable.

— Sans compter que la bonne l'a entendue crier...

— La bonne... oui...

Tommy resta un instant silencieux, puis reprit, songeur :

— En fait, nous sommes des êtres particulièrement crédules. Nous acceptons les témoignages comme parole d'évangile, mais que sont-ils en réalité ? Le fruit d'impressions, transmises à l'esprit par les sens. Mais supposons que ces impressions soient fausses ?

L'avocat haussa les épaules :

— Chacun sait qu'il existe des témoins peu crédibles chez qui, en toute bonne foi, les souvenirs se précisent au fur et à mesure que le temps passe...

— Je ne pensais pas seulement à eux. Il nous arrive à tous de donner comme indiscutables des choses qui ne le sont pas, sans même nous en rendre compte. Un jour ou l'autre, nous avons bien dit par exemple, aussi bien vous que moi : « Voilà le courrier », alors que nous avions simplement entendu deux coups à la porte et le bruit de ferraille de la boîte aux lettres. Neuf fois sur dix nous avons raison, c'est bien le facteur, mais il est possible que la dixième fois ce soit un garnement qui nous fait une farce. Vous voyez ce que je veux dire ?

— Oui..., répondit lentement Marvell. Mais je ne vois pas où vous voulez en venir.

— Non ? Je ne suis pas sûr de le savoir moi-même. Je commence seulement à l'entrevoir. C'est comme un bâton... tu te rappelles, Tuppence ? Quand une extrémité pointe d'un côté, l'autre indique toujours la direction opposée. Tout dépend donc de la façon dont on le tient. Les portes s'ouvrent... mais elles se ferment aussi. On monte l'escalier, mais on le descend aussi. Les boîtes se ferment, mais elles s'ouvrent aussi.

— Qu'est-ce que tu entends par là ? demanda Tuppence.

— En vérité, c'est ridiculement simple, dit Tommy, et pourtant, je viens seulement de m'en aviser. Comment sait-on que quelqu'un est entré dans la maison ? On entend la porte s'ouvrir et claquer, et pour peu qu'on attende effectivement quelqu'un, on sera persuadé que c'est lui. Mais il pourrait aussi bien se faire que quelqu'un soit *sorti*.

— Mais miss Glen n'est pas sortie ?

— Non, elle n'est pas sortie. Mais quelqu'un d'autre l'a fait. L'assassin.

— Mais comment est-elle entrée, alors ?

— Elle est arrivée pendant que Mrs Honeycott était dans la cuisine avec Hélène. Celles-ci ne l'ont pas entendue. Mrs Honeycott est retournée dans le salon et, en se demandant si sa sœur était rentrée, a commencé à remettre sa pendule à l'heure. C'est alors qu'elle a cru l'entendre entrer et monter l'escalier.

— Mais si ce n'était pas elle, qui était-ce ?

— Hélène, qui montait tirer les rideaux. Rappelle-toi, Mrs Honeycott a dit que sa sœur s'était arrêtée un moment avant de s'engager dans l'escalier. Juste le temps qu'il a fallu à Hélène pour venir de la cuisine dans le vestibule. Elle a failli croiser l'assassin.

— Mais, Tommy, et ce cri que Gilda a poussé?

— C'était celui de James Reilly. Tu n'as pas remarqué à quel point il avait la voix haut perchée? Dans les moments d'intense émotion, les cris des hommes sont aussi perçants que ceux des femmes.

— Mais dans ce cas... nous aurions dû voir l'assassin?

— Nous l'avons vu. Nous lui avons même parlé. Tu te rappelles la façon dont cet agent de police nous est apparu soudain? C'est parce qu'il a franchi la grille juste au moment où la brume se dissipait. Cela nous a fait sursauter, tu ne t'en souviens pas? Après tout, les policiers sont des hommes comme les autres, même si nous n'avons pas l'habitude de le penser. Ils aiment, ils haïssent. Ils se marient...

— A mon avis, Gilda Glen a dû rencontrer son mari juste devant la grille, et l'a fait entrer pour essayer de résoudre avec lui son problème. Il n'avait pas à sa disposition, pour se soulager, la violence verbale de Reilly... Il a simplement vu rouge — et il avait son bâton d'agent de police sous la main...

Composition réalisée par COMPOFAC - PARIS

IMPRIMÉ EN FRANCE PAR BRODARD ET TAUPIN
Usine de La Flèche (Sarthe).
ISBN : 2 - 7024 - 2277 - 2
ISSN : 0768 - 1070